アイドルの泣ける話

株式会社 マイナビ出版

CONTENTS

同担拒否を拒否する風景

一色美雨季

家猫は家人としか関わりを持たず、野生の猫に比べて世間知らずであると思われがちだが、必ずしもそうとは限らない。斯く言う私、家猫のコタロウもその一匹であると自負している。

屋外に出ることなどほとんどない私ではあるが、可能な限り外との交流は怠らない。例えばカラス。例えばスズメ。ツバメやハトも窓越しに世情を語ってくれる。野鳥ばかりではないかと思われるかもしれないが、現在は家人とふたりきりのマンション暮らし。かつて一軒家に住んでいるときは、一階の網戸越しに地域猫と交流ができたのだが、こればかりは致し方ない。とはいえ、動物病院の待合室に行けば、他生物と世間話をすることができる。このひとときの会話もまた、家猫の私にとっては大切な情報源である。

テレビやラジオも侮ってはならない。異種族ゆえに理解不応であると思われがちだが、私のように齢十二の家猫ともなれば、ある程度の人語を解することができる。それが家人の言葉ともなれば猶更である。

――ほら、今日もまた、我が家人がテレビの中で歌い踊り、賑やかに笑っている。

我が家人——仮に、名をAとしよう。Aの職業は『アイドル』である。

Aは歳の近い五人の雄と群れを成し、人目にさらされることを生業としている。訳知りの野鳥どもによれば、あの群れは『アイドルグループ』というものであり、『アイドル』とは遠隔観測される愛玩動物のようなものらしい。つまりAは、『他人に愛される術の探究者』なのである。

Aは自分がテレビに映ると、必ずと言っていいほどパソコン乃至スマホを凝視する。これは『エゴサ』という行為だと野鳥どもは言う。正しくはエゴサーチといい、他人の目に自分がどのように映っているかを確認するための作業だそうだ。

愛される術の探究者であるAは、このエゴサに余念がない。が、作業後、必ずと言っていいほど悲しい顔をする。そして救いを求めるように私を抱き寄せて、「ねえコタ、俺、もうアイドルなんて辞めようかな」と呟く。

「まだ見つけちゃったよ。『#推し被り殺す』を」

Aは嘆息する。

殺すとは物騒な文言ではあるが、これは『自分以外の愛好家を認めない』という意味合いの言葉であり、つまり『数多いる愛好家の中において、自分が一番である』と己が独占欲を過激に意思表明した言葉である。類する言葉に『同担拒否』がある。担は推しの担当という意味であり、同じ愛好家と交わることを拒否するという意味である（ちなみに、これらの知識は、すべて野鳥どもの受け売りである）。

いずれにしろ、Aを愛好の対象とする者の多くが『推し被り殺す』『同担拒否』と言っているのなら、それはAを熱狂的に愛している人間が多いということであり、つまるところ愛される術の探究者であるAの勝利の証であると私は思うのだが……Aは、そう思ってはいない。

なぜならAは、『誰も揉めることなく己を愛してほしい』と思っているからだ。探究者は理想が高く、ゆえに煩わしいことを考えるものである。しかし、これにはAの生い立ちが関係している。

かつて、私とAが一軒家で暮らしていた頃、そこにはAの両親と祖母もいた。

両親とAは二階、祖母は一階と明確な縄張りがあったが、これには理由があった。Aの母親と祖母は、恐ろしいほどそりが合わなかったのだ。

特にAの教育問題に関しては、どちらかが口を縫い閉じなければ収まらないほどの過激さで、本来なら止める立場にあるAの父親も仕事にかこつけて逃走しなければならず、私もキャットタワーの上で息をひそめることがしばしばだった。これこそがAの嫌う『推し被り殺す』であり『同担拒否』の極みである。しかし、このような嫁姑(よめしゅうとめ)関係にも、しばしの休戦時がある。それは、Aがテレビに映っている時である。

現在の『アイドルグループ』という群れに入る前、Aは子役なるものをしていた。

Aはテレビの中でお遊戯めいたことをしたり、セリフを与えられて他人の子供を演じたりするのだが、反目しあう嫁姑も、この時ばかりは口を噤(つぐ)んで一台のテレビを見つめた。そして番組が終わると同時に、日頃のいざこざなど忘れ、同担の朋友としてAの素晴らしさを語り合うのである。——まあもっとも、最終的にはどちらがよりAの素晴らしさを理解しているかで悶着(もんちゃく)になるのだが。

こうした幼少期を経て、Aの進路は決定付けられた。祖母の進める習い事をこなし、母が希望する大学を受験し、空気のような父の助力を得、家族の『同担拒否』を拒否するために、芸能の道へと邁進(まいしん)した。

Aがひとり暮らしを始めたのは、学業と芸能活動を両立させるためだ。ここでも嫁姑問題で色々あったのだが、割愛しておこう。とにもかくにも、こうしてAは、ようやくあの紛争家庭から脱出した。

私がAと暮らしているのは、いわば家族の保険のようなものだ。幼い頃より共にいた私と暮らすことで、Aはひとり暮らしの孤独を回避し、また家族の方も、私の世話を名目にAのマンションに侵入することができるのだ。私は自分の居住空間が整っていればいいので、特に気にしてはいない。

新しい生活は、思いのほか快適だった。思えば、あの嫁姑の金切り声は、私にとって大きなストレスだった。私も既に齢十二、Aとふたりの安気な暮らしは、理想の老後生活となったのだ。

――が。

ここでもAは『同担拒否』に頭を悩ませている。

「事務所のSNSに『僕のファンなら、同担拒否なんてやめてくれ』って書こうとしたんだ。でも、マネージャーに止められた。今後の人気とか売り上げに響くから、アイドルがファンの活動を制限しちゃダメなんだってさ」

子供のようにAは愚痴る。

やれやれ、また馬鹿げたことを考えるものだと私は思う。自身の生業の愛好家とはいえ、所詮は他人なのだ。遠い所でなにを言われようが放っておけばいいではないか。――けれど、そうならないのがAという人間なのだ。

これは、幼い頃のトラウマによるものだろうと私は考える。

『Aのため』という旗印のもとに繰り広げられる嫁姑の諍い(いさか)は、近所でも知らぬ者がいないほどだった。地域猫が「お前の家人ども、笑い者になってるぞ」と教えてくれたが、私にはどうすることもできない。当の本人たちは、自分の主張こそが正しいのだから笑われる筋合いなどないと考えているのだ。

しかし幼いAにとって、その諍いは恐怖でしかなかった。嫁姑の醜い罵倒(ばとう)が始まると、Aはクローゼットの中に逃げ込んだ。そして戦いが収まるまで、そこからけして出てこないのだ。

私はキャットタワーの上から、その様子をじっと眺めていた。

――愚かだ、と思った。結局のところ、これはただの縄張り争いなのだ。Aのためにと主張しながら、誰もAを見ていなかった。どこでなにをしているのかさえ理解していない。Aはクローゼットの中で、声を殺して泣いているというのに。

『愛してる。愛してる。誰よりもAのことを愛してる。だから私の愛し方こそが正しいに決まってる』

その主張の、一体どこが正しいのか。盲目に愛することの罪を、この幼子に教えてどうするつもりなのか。押し付けられた無責任な愛を、この幼子は重圧としか考えていないのに。

そしてAは、大人になった今も、自分を巡る『同担拒否』に苦しんでいる。

「メンバーに笑われたんだよ、ふざけたことを言うなって。ファンの『同担拒否』なんてよくあることだって」

　家猫の私には、それが本当に『よくあること』なのかどうか分からないが、あの群れの人間が言うのであれば、きっとそうなのだろう。しかし、『よくあること』で済ませられるほど、Aは豪胆な人間ではない。Aがクローゼットの中で感じた心の傷は、今でも膿んでAを苛む。

「俺、歌うことも、踊ることも、演じることも嫌いじゃないんだ。でも、自分に関する揉め事が、知らないところで起きていると思うと嫌なんだ。なんかもうしんどい。吐き気がしてくる」

　辞めたい、とAは言う。アイドルになんてなるんじゃなかった、と。

　Aは大きな溜め息をついた。——と、その時。

　壁に取り付けられた機械から、聞き慣れた音が響いた。あれは来訪者を告げる音だ。

　ソファから立ち上がったAが機械に向かって対応し、それからしばらくしてドアが開く。

やって来たのは、群れのボス——もとい、リーダーのRだ。

Rは買い物袋を携えていた。Aと食事をするつもりらしい。私はRを気に入っていた。あの群れにおいてRは一番気の利く男だからだ。

「顔が暗い」

Rは、買い物袋から出した総菜を並べながら、Aに言う。「どうせエゴサでもしてたんだろ？」

Aは答えず、叱られた子供のように口をへの字に曲げた。

「エゴサなんてやめとけよ。どうせヘコむだけなんだし」

「でも、気になるから」

「バカかよ、お前は。ネットの中にお前の理想の世界は落ちてないって、何回言えばわかるんだよ。っていうか、現実にだって、お前の理想の世界はないけどな」

キラキラした生業中と違い、素のRは少々言葉使いが荒い。しかし、群れのボスたるもの、このくらいの力強さがなければならないものだと私は思う。実際、Rは群れをしっかりと束ねている。

「だいたいお前、来週からドラマの撮影に入るんだろ？　放送が始まったら、また粘着アンチの奴(やつ)らにボロクソ叩(たた)かれるんだぞ。『子役出身のくせに棒読み』とか『所詮はアイドルの素人芸』とか。で、いつもどおり、お前のファンとアンチがバトルを始めるんだ」

「ファンとアンチがバトルするのは、理由が分かるから別に構わない。俺は、ファン同士のバトルが嫌なんだ」

「なんだよ、めんどくさいヤツだなあ。売れないやつらが聞いたらガチ切れするぞ。ファンの『同担拒否』なんて、アイドルにとっては名誉なことなんだから」

Rは呆(あき)れたような表情を浮かべる。しかし、Aの気持ちを完全に否定するようなことはしない。Aの家庭環境を理解しているからだ。

なんとなく沈黙が生まれた。Aは立ち上がり、飲み物の準備をする。Rは手土産の猫缶を開け、私の食餌(しょくじ)用の皿に盛りつける。

ほんのりと肉の香りを感じた。私は遠慮なく手土産に口を付ける。

「コタも苦労するなあ。どうせAがオフの日は、一日中『アイドル辞めたい』って泣き言を聞かされているんだろ？」

ご明察である。生業時と違い、素のAは非常に辛気臭い人間なのだ。

「あいつ、事務所から『辞めたいなんて絶対口にするな』って言われてるんだ。誰かに聞かれたら、『オンナができたから』だの『グループ内で不協和音』だの、あることないこと記事にされるからな。俺たちも、Aの愚痴の相手をするなって言われてる。だから、真剣に聞いてやれるのはコタだけ」

いや、私だって、そこまで真剣に聞いているわけではない。子猫の時分から、Aの『同担拒否を拒否したい』という愚痴に付き合い続けていたのだ。ある程度は聞き流す術も身につけている。

キッチンから戻ってきたAが、グラスに入った琥珀色の飲み物をテーブルに置いた。体形維持のための健康茶。マネージャーから推奨されているものだ。

「Aは贅沢なんだよ」

出された健康茶を飲みながら、Rは言う。「お前、自分がどれだけスゴイか分かってる？」

　Aは口を尖らせる。

「そんなこと考えたことない」

「あのな、うちの固定センターはお前なんだよ。そのお前が冷静に自己分析しなくてどうすんだ。本当は分かってるんだろ？　お前が作り出したアイドルの仮面は完璧なんだって。そうなるために、歌もダンスも芝居も、誰よりも努力してきたんだろ？」

「……そんなの、ただの習慣。レッスンは、子供の頃からずっとやってきたことだから」

「だからさ、それがスゴイんだよ。普通なら手を抜く。もっと自分を甘やかす。だって『同担拒否』が過激になるくらい、お前はファンに愛されてるんだから」

　きっとこれは、この生業における誉め言葉の一種だろう。それでもAの表情は晴れない。そんなAに、Rは嘆息する。

「しんどいのか？」

「……うん、しんどい。人に喜んでもらうために仕事してんのに、喧嘩してるヤツらばかり目について、もうどうしていいか分からない」

「その喧嘩はお前のせいじゃない。それに、お前がアイドルを辞めたって、そいつらは次の担当を見つけるだけだ。『同担拒否』なんてなくならない」

「じゃあ、俺がアイドルを辞めても問題ないわけだ。むしろ、俺の気持ちがスッキリするかも、俺が原因の『同担拒否』がなくなるんだから」

「そうかもな。でも、お前のオカンとバーサンはどうかな。スッゲー過保護で自己中なモンスターババアたちだから、お前がアイドルを辞めたら、その原因をお互いに擦り付け合うんじゃないかな」

Aは口をつぐみ、うつむいた。

逃げられない。Aに向けられるすべての愛情が、Aを雁字搦めにしている。

「……ごめん、言い過ぎた。ほら、唐揚げ食えよ。好きだろ？」

Aの表情は暗いままだったが、それでもゆっくりと箸を手に取った。落ち込んでも、嘆いても、腹というのはへるものだ。私の食餌用の皿も、すっかり空になった。

私に向かってRが手を伸ばしたので、私は促されるまま身を委ね、撫（な）でさせてやった。ゴロゴロと甘い声を出す。猫缶の礼だ。

Rは生業中のような甘く優しい笑顔を私に向けた。そして、そのままAの方へ視線を向け、「ツライことがあったら、俺に言えよ」とつぶやく。

「家で愚痴ってばかりいたら、コタもストレスでハゲ散らかすぞ。まあ、いつでもいいってワケじゃないけどさ、ふたりきりの時は、ガッツリ話を聞いてやるからさ」

「でも、事務所が」

「だから、ふたりきりの時だけだって。マネージャーや他のメンバーには絶対に内緒。あいつらにバレなきゃ問題ないんだし」

「……いいのかな」

「いいんだよ。それに、お前のことを分かってやれるのは『俺だけ』なんだから」

――なんということだろう！

ニャア！　と叫び、私は慌ててRの口を肉球で塞いだ。しかし、零れ落ちたRの言葉は、もう口に還ることができない。私はAの顔を見る。Aは無表情のまま、Rの顔を見つめている。

Rはまだ気付いていない。「分かってやれるのは俺だけ」と言い放ったRもまた、無意識のうちに『同担拒否』をしているのだということに。

――ああ、けれど。

私はRの口から前足を放した。そして、そっとAに寄り添う。

齢十二にして、私はようやく理解した。おそらくAは、死ぬまで『同担拒否』から逃れることはできないのだ。

『愛してる。愛してる。誰よりもAのことを愛してる。だから私の愛し方こそが正しいに決まってる』

つまりそれは、愚かしくも正しい人間の愛の形なのだ。

星は手の中で輝いて

猫屋ちゃき

何とか仕事を切り上げて病院を出ると、外は暗くなり始めていた。

病院の事務の仕事は、どうしても毎月初の十日間はものすごく忙しい。レセプトといって、しかるべき機関に診療報酬を請求するための書類のとりまとめをするのがその時期だからだ。

それ以外の時期はほとんど残業なんてものはなく、融通もきくいい仕事なのだけれど。

「もう七時過ぎてる……あー、恵一がお迎えに行ってってくれたんだ」

スマホで時間を確認してげっそりすると同時に、夫からの「さえちゃんのお迎え、いってきたからね」とのメッセージにほっとした。保育園のお迎えのリミットは夕方六時半。恵一のおかげでこれまで一度も迎えに遅れたことがない。

ありがたいと思いつつ、いつもどこかで申し訳なく感じている。出会った頃は、彼の生活に〝定時で上がる〟とか〝帰りに子供のお迎え〟だとか、そんな概念が生まれるなんて考えたこともなかったのだから。

「……ご飯買って帰ろ」

家路をたどりながら夕飯のメニューをあれこれ思い描いたけれど、作ろうという気力が湧いてこなかった。だからスーパーの惣菜コーナーに寄って、めぼしいものをカゴに入れていく。ポテトサラダは沙恵が好きだし、自分で作るよりも美味しい。あとは唐揚げがあればいいなと思って半額シールがついたパックに手が伸びかけたところで、申し訳なさで胸がいっぱいになった。

少しでも安いものをと思うのなら、割高な惣菜を買うより自分で作るべきだ。それに結婚したとき、好きな人にたくさん手料理を食べさせてあげると決めたのだ。

夫の優しさに甘えてばかりなのが嫌になって、精肉コーナーで鶏むね肉を買ってから店を出た。

「おかえり、和沙」

「ママおかえりー」

帰宅して食事の準備を始めると、風呂あがりのほかほか湯気と共に恵一と沙恵がリビングにやってきた。

「やった！　今夜は唐揚げか。しかも手作りなんて嬉しい」

「ポテサラはお惣菜コーナーで買っちゃったから、せめて唐揚げは手作りしようと思って」

「ありがとう。忙しい時期で疲れてるのに」

「……ううん」

　自分も疲れているだろうに、恵一は笑顔で私のことをねぎらってくれる。それに対して何かいい言葉を返したかったけれど、うまくいかなかった。それに、沙恵の「ポテッサラ、ポテーサラー」という謎の歌によって、会話どころではなくなってしまった。

「さえちゃん、パパとテレビ見て待ってよっか」

　気を利かせた恵一が、沙恵を抱いてテレビの前のソファのほうへ連れて行ってくれた。その後ろ姿がすごく疲れて見えて、胸の奥がツンと痛くなった。

　十年前、出会った頃の恵一は文字通り輝いていた。小さなステージでだったけれど、スポットライトを浴びて、ささやかな拍手と歓声をもらって頑張っている人だった。

出会いのきっかけは十八歳のとき、大学に入ってできた友達に連れられて行ったインディーズアイドルのライブだ。

もともとアイドル自体に興味はなかったし、いわゆる地下アイドルと呼ばれている彼らに惹(ひ)かれることなんてないと思っていたのに、その初めて行ったライブで私はまんまとハマってしまった。

確かにパフォーマンスは拙い。音響など機器に恵まれているわけではないから歌声も響かない。でも、そのぶん距離が近くて、すぐそこで一生懸命歌って踊っているという感じがして、ものすごく心が揺さぶられた。

そしてその日一番私の心を揺さぶったのがCOLOR∞FULLという名前のグループで、そこに属していたのが恵一だった。

恵一はそのグループのお兄さんポジションで、ＭＣを務めトークをうまく回したりメンバーのサポートをしたりと、気遣いのできる人という印象だった。

それだけではなく、よく通る歌声が魅力的で、歌唱力だけでいえばグループ内で頭ひとつ抜けていた。顔立ちは控えめだしダンスも特にうまいわけではなかったけれど、私は恵一に惹かれた。

彼に会いたくて、私はライブがあるごとに通い詰めた。彼にプレゼントを贈りたくて、たくさんチェキを撮ったり握手をしてもらったりしたくて、アルバイトを頑張った。ファンレターもよく書いた。最初に誘ってくれた友達が興味をなくしてからも、私は通うのをやめなかった。

そのうちに顔と名前を覚えてもらえるようになったら、ますます応援するのが楽しくなった。というより、あれはそのまま恋だったのだ。パフォーマンスを見に行くというより、好きな人に会いに行くというのが近い感覚だったかもしれない。その想い(おも)は、やがて恵一にも伝わるようになった。

結局、応援した三年間でCOLOR∞FULLが売れることはなかった。地方のイベントに呼ばれたりラジオに出演したりすることはあったけれど、全国区に進出することは叶(かな)わなかったし、爆発的な転機が訪れることもなかった。

それでも、私は時々考えてしまうのだ。

恵一と親密になることがなければ、彼がグループを脱退して会社勤めを選ぶことがなければ、今とは違う未来があったかもしれないと。

「……やっぱり、上手だ」

夕食の後片付けをしていたら、寝室から恵一の歌声が聞こえてきた。沙恵を寝かしつけてくれているらしい。可愛(かわい)らしい声に、優しくてきれいな声が重なっている。

その歌声を聞いて、胸がざわつくような痛むような、そんな感覚がした。

かつては、小さくてもステージの上でスポットライトと拍手を浴びて歌っていた人だ。そんな人が今、寝室で子供の寝かしつけのためにきらきら星を歌っていると思うと、切なくなってしまう。

あの頃、恵一のことをアイドルとしてだけでなく、ひとりの男性として好きだったことは間違いない。だから、彼も私のことを好きだと言ってくれたことや、グループを脱退してから交際を申し込まれたことは、後悔していない。

でもあのとき、彼の歌声に、アイドルとしての活動に勇気や活力をもらっていた。彼が高みへ行けるよう、応援するのが楽しかった。

それならファンとして、彼がステージに立ち続けるのを望むのが正しかったんじゃないだろうか……と、折に触れて考えてしまう。最近、疲れている姿を見ると特に。

インディーズから全国区になるアイドルが多くはないけれど存在するのを目にするたびに、何かのきっかけで爆発的な人気を獲得したマイナーなグループがいるのを見るたびに、そうなったかもしれない恵一の未来を想像する。

「やめないで頑張って！　ずっと応援してるよ」とあのとき言えたら、彼の美しい歌声は今頃、たくさんの人たちを癒やして勇気づけていたかもしれない。

「さえちゃん、寝たよ」

「ありがとう」

洗い物が片付いた頃、寝室から恵一が出てきた。一緒に寝そうになったのか、眠たげな目になっている。スウェット姿で髪も乱れて、少し疲れた顔をした恵一を見ると、愛しくなると同時に切なくなった。

「和沙、どうしたの？」

浮かない顔をしていたのを気づかれてしまったらしい。恵一が、心配そうに見ていた。

昔から彼は、人の顔色から様々なことを察するのがうまかった。アイドル時代、握手をするほんの短い間でも、ファンが元気のないことや調子のよくないことに気がついていた。

その気配りのうまさは今の会社員生活の中にも役立ってはいるみたいだけれど、それを活かしてアイドルとして飛躍できたのかもしれない。

「……なんでもないよ。お風呂入ってくるね」

胸に抱える気持ちをどう伝えたらいいのかわからなくて、私は逃げるみたいに浴室に向かった。

シャワーを浴びながら、この気持ちは伝えるべきじゃないと気がついた。だって、こんなことを聞かされたって恵一は困るだろうから。

それに、こんな後悔を聞かせて彼が「そうだった」と気がついてしまうことが怖い。アイドルを辞めなければ、私と付き合っていなければ、結婚していなければ……なんて彼自身が思うようになってしまったら、それこそきっと耐えられない。

だから、お風呂からあがったら平然とした顔をしていよう――そう思っていたのに。

書斎の床に座り込んで何かを読んでいる背中を目にしたとき、息が止まるかと思った。

恵一の傍らにあるのは、見覚えのあるカラフルな箱だ。あれは確か、恵一がいつかの握手のときの会話でファンレターを入れておく箱がほしいと言っていたから、その直後のライブのときにプレゼントしたものだった。

つまり、彼は今、アイドル時代にもらったファンレターを読み返しているということだ。やっぱり、あの頃はよかったと思わせてしまっているのかもしれない。

「……ごめんね、恵一」

我慢しようと思っていたのに、こらえきれずに涙が溢れてきてしまった。私の呼びかけに、恵一がギョッとした顔で振り返る。

「和沙？　え、どうしたの？」

「……恵一が、ファンレター読み返してるから……アイドル辞めたこと、やっぱり後悔してるのかなって思ったら、申し訳なくなって……」

「違う違う！　そんなんじゃないんだよ」

慌てたように言って、恵一は私の背中を撫でてくれた。その優しい手つきに、私は何とか呼吸を整えた。

「アイドル辞めたことを後悔してたんじゃなくて、最近の俺、ちゃんと和沙にかっこいいって思ってもらえてるのかなって不安になって……めちゃくちゃ応援してもらってたときのこと思い出したくて、手紙を読み返してたんだ」

「そうだったんだ……」

「あの頃と比べておっさんになったし、和沙のこと、全然笑顔にできてないしって思ったら、もっと頑張んないとなって。アイドルじゃなくなったら笑顔にできないなんて、そんなの嫌だから」

そう言って恵一は、あの頃より大人になった顔で笑う。その穏やかそのものという笑顔を見て私は、自分の態度がこの優しい人を悩ませてしまっていたことに気がついた。

「恵一は、ずっとかっこいいよ。あの頃と変わらず、というより大人になって味わいが増してきて、若い頃とは違う魅力があるんだよ。……私が笑顔じゃないのは、恵一が悪いわけじゃないの。私があなたの未来を奪ってしまったんじゃないかって、そんなふうに考えちゃって……勝手に笑えなくなってただけ」

どう言えば伝わるだろうかと、考えながら言葉を紡いだ。アイドルじゃなくなったから恵一に興味がなくなったなんてことはないと、それだけはちゃんと伝えたかった。今も変わらずかっこいいと思っているし大好きだと、そのことはわかってほしかった。

「ママー、パパー」

私の言葉に恵一が何と答えようか考えあぐねていると、書斎の入口に沙恵が立っていた。どうやら眠りが浅くて目が覚めてしまったらしい。

「はいはい。パパママ行くからね」

素早く立ち上がった恵一が、ドアのところまで行って沙恵を抱き上げた。沙恵に小さな手で手招きされ、私も寝室に向かうことになる。

「お歌うたって」

ベッドに寝かせて手をつないでやると、沙恵はすぐに目をとろんとさせて眠そうにしていた。そのおねだりに応えて恵一が歌い始めると、沙恵は「ママも」と言って私の手をギュッと握った。

恵一の歌声に合わせて、私も一緒に子守唄を歌う。子育てを初めてすぐ、あまり子守唄を知らないことに気がついて、二人で動画を探して急いで覚えたのだった。

今では両手では足りないほどの子守唄を私たちは知っている。それをこうして二人で歌えているというのは、もしかしたらとても素敵で尊いことなのかもしれない。

「和沙はさっきさ、自分が俺のアイドルとしての未来を奪ってしまったんじゃないかって言ったけど、それは違うよ」

すぅすぅと沙恵の寝息が聞こえ始めた頃、歌うのをやめて恵一が私に向き直った。

「和沙は俺に、生活とか普通に生きる未来をくれたんだよ。夢だけ追いかけてたんじゃ、絶対に手に入らなかったもの。あの頃、確かに楽しかったしキラキラしてたけど、正直しんどかった部分はあるよ。だから、〝生きていく〟〝生活していく〟ってことを選ばせてくれたことに、すごく感謝してる」

また泣きそうになる私の頭をくしゃくしゃと撫でながら、恵一はさっぱりした顔で言った。そこには嘘も後悔も、確かにないように感じる。

「あまりに売れなくて、このままじゃ食えないかもって言ったとき、和沙が『それなら私が稼ぐから！　資格取る！　自分とケイくん食べさせていくくらいならできるもん』って言って、本当に資格取っちゃったとき、覚悟が決まったんだよね。俺もちゃんとこの子を幸せにしようって」

「そういえば、言ったね……あの頃はパワフルだったな」

医療事務の資格を取るきっかけになったエピソードを思い出して、笑っていいのか感動するべきなのかわからなくなった。恵一を励ましたつもりがアイドルを辞める覚悟を決めさせてしまったなんて、きっと当時の私が聞いたら泣いて暴れるだろう。

でも、彼が後悔していないと晴れやかに言うのなら、私も悔いることはもうない。

「結果が出なかったのもあるけど、ステージの上では自分の思うことをやりきったんだよ。だから辞めた。それに、和沙と結婚したことでこんなに可愛い宝物も授かったから、これでよかったんだよ」

「そうだね。……恵一も、私も、何もなくしてなんかなかったんだね」

沙恵を挟んで向かい合って、ようやく私は笑うことができた。

「さえちゃん、和沙に似たら将来、熱心なアイドルファンになるんだろうね」

「どんなアイドルにハマるか、楽しみだね」

「……しばらくはパパが、さえちゃんの中で一番かっこいい存在でいたいんだけどな」

ぷくぷくのほっぺたをそっとつつきながら、恵一が気の早い心配を始めた。

そんな心配をしなくても沙恵にとって恵一はかっこよくて大好きで、自慢のパパなのに。

そして私にとっては、永遠に色あせない素敵なアイドルだ。

この気持ちは、彼がおじさんになっても、おじいさんになっても、きっと変わらない。

叔父とギターとナナハンと

ひらび久美

「奏一も家庭でも持ってたら、もっと地に足の着いた生活して、こんな死に方しなかっただろうに。三人姉弟の末っ子で、甘やかされたのがいけなかったのかしらねぇ……」

母がやるせない表情で息を吐いた。杏菜は黙ったまま、持ち主を亡くした音楽雑誌やバイク雑誌を紐で縛る。奏一は杏菜の叔父で、母の弟だ。一週間前にバイク事故で亡くなった。まだ四十四歳だった。

奏一はギター講師をしながら、大阪府内の小さな町で一人暮らしをしていた。彼が住んでいた賃貸住宅は古くてエアコンの効きが悪く、扇風機がうなるような音を立てる蒸し暑い空気の中、杏菜は母と一緒に遺品の整理を続ける。

最後に叔父に会ったのはいつだっただろうか。確か八年前、杏菜が音大のピアノ科に合格して、お祝いを届けにきてくれたときだ。叔父はトレードマークのようなギターを背中に背負い、750ccのバイクに乗ってきた。

思えば、いつもそうだった。叔父に関する杏菜の一番古い記憶は、弟が生まれたばかりで母に構ってもらえず、寂しくしていたときに会いに来てくれたことだ。あのときもギターを背負ってバイクで来た。十八歳年上の彼は、杏菜にとって〝叔父ちゃん〟というより、一緒に遊んでくれる〝お兄ちゃん〟だった。

そんな叔父だったが、三十代後半に差しかかった辺りから、親戚に「結婚もせずにバイクを乗り回して……」とか「根無し草みたいな生活をして……」と言われ、鼻つまみ者扱いされるようになった。杏菜は大学生活が忙しくなったのもあって、気づけば叔父と疎遠になっていた。

「杏菜は奏一みたいにならないでよ。せっかく音大を卒業して音楽教室のピアノ講師になったのに、辞めてしまって。半年も経つのに再就職しないし。たまに派遣の仕事をするくらいじゃ、一人前の大人とは言えないわよ」

母にグチグチと言われ、杏菜はわざと大きな音を立てて雑誌を重ねた。五歳でピアノを習い始めたが、音大で学ぶうちに自分レベルのピアニストはたくさんいることに気づいた。そんな自分が教えて生徒は本当に上達するのだろうか？　ずっと葛藤して悩んで……音楽教室を辞めたのだ。

「あらやだ、もう四時半」

母は唐突に言って立ち上がった。腰を伸ばしながら杏菜を見る。

「私は晩ご飯の支度があるから帰るけど、杏菜はどうする？」

「私はもう少し片づけてから帰る」

母と一緒に帰ればまた小言を言われるだろうと思って、杏菜はそう答えた。

「そう。じゃあ、片づけよろしくね」

母が出ていった後、杏菜は暗い気分でパソコンデスクのチェアに座った。デスクの上は整頓されていて、パソコンの横にあるブックエンドの間には、作曲ソフトのマニュアル本と一緒にたくさんの楽譜ファイルが立てられている。

杏菜は興味を引かれて一冊手に取った。上下のホルダーに挟み込むタイプのリング式ファイルで、楽譜がびっしり収められている。どれも叔父が作ったギター用の曲だった。歌詞がつけられているものもあれば、ゲームミュージックとして提供したらしく、ゲームアプリやゲームソフトのタイトルが書かれているものもある。叔父は作詞作曲も生業にしていたようだ。

（すごい、こんなにたくさん……）

続いて別のファイルを開いた。手書きの楽譜で、五線譜が日焼けしているのは、何年も前に作ったからだろう。『我が心のリリー』など、ジャズのスタンダードナンバーを思わせるタイトルの弾き語り曲もあった。杏菜も学生時代に作曲を学んだが、お金をもらえるレベルにはならなかった。

杏菜はファイルを元の場所に戻し、片づけを再開した。縛った雑誌と資源ゴミを玄関の外に運び出したとき、門扉（もんぴ）の郵便受けからチラシが溢れかけているのに気づいた。中身を全部取り出し、上がり框（がまち）に腰を下ろす。宅配ピザや不動産会社などの広告に、一枚の暑中見舞い葉書が交ざっていた。差出人は、滋賀県にあるデイサービスセンターうみまちの施設長・崎村太地となっている。

通信面には印刷された暑中見舞いの文言とともに、【また慰問コンサートの日が近づいてきましたね。職員・利用者一同、奏一さんの歌と演奏を楽しみにしています】と手書きのメッセージが添えられていた。

叔父が慰問コンサートを行っていたとは知らなかった。文面からすると、叔父は近々うみまちを訪れる約束だったのだろう。

叔父が死んだことを知らせなければいけない。

杏菜は葉書に印字されている番号にスマートフォンで電話をかけた。「デイサービスセンターうみまちのサキムラです」と壮年の男性の声が応じる。

「倉田奏一の姪の榎本杏菜と申します。叔父宛で暑中見舞いの葉書をいただいたのですが、施設長さんとお話しできますか？」

「私が施設長の崎村太地です。奏一さんに何かあったのでしょうか？」

崎村の声が心配そうになった。

「実は……叔父は一週間前にバイクの事故で亡くなりまして……」

「えっ」

「崎村さんからの葉書を見て、叔父が慰問コンサートを開く予定だったと知りました。それで、叔父が亡くなったことをお伝えしようとお電話したんです」

「まだお若かったのに……本当に残念です……。心からお悔やみ申し上げます」

崎村は低い声で言った。杏菜が礼の言葉を返すと、彼は遠慮がちに言う。

「……奏一さんから、姉の曲のことを何かお聞きじゃないでしょうか？」

「お姉様の曲、ですか？　叔父は作曲する約束をしてたんでしょうか？」

「いえ、姉のために曲を作ってくださったと奏一さんから聞いていたんですが、一度も聴かせていただいたことがなくて」

杏菜は話の内容がよくわからず眉を寄せた。崎村はゆっくりと説明を始める。

「その……姉は奏一さんの恋人だったんです」

杏菜は驚いて「えっ」と声を上げた。親族はみんな奏一と疎遠になっていたため、友人や知人の連絡先がわからず、叔父の死は彼が勤めていたギター教室にだけ知らせた。ギター教室のＳＮＳに死亡のお知らせを掲載してもらったが、叔父に恋人がいたとは……。本来なら通夜や葬儀の連絡をすべき相手だ。杏菜が慌てていると、崎村の低い声が聞こえてきた。

「奏一さんと姉の百合(ゆり)は……高校の先輩と後輩で、奏一さんが高二、姉が高一のときに付き合い始めたと聞きました。でも、十六年前、姉は二十七歳のときに白血病を発症したんです。当時はまだ不治の病と言われていて……治療の甲斐(かい)なく容態が悪化し、昏睡状態になりました。奏一さんは姉の病室に毎日お見舞いに来て、『君のために曲を作ったよ。一番に聴かせたいから、早く目を覚ましてくれ』と語りかけてくれました。ですが、姉は一度も意識が戻ることなく息を引き取りました……」

思いも寄らない話を聞き、杏菜は言葉が見つからず、黙ったまま耳を傾ける。

「姉の一周忌の後、奏一さんは三ヵ月に一度、私と姉が働いていたこの施設で慰問コンサートを開いてくれるようになりました。姉の代わりに皆さんを笑顔にしますって言って。懐かしい曲や流行りの曲など、ボランティアで演奏してくださり、みんな奏一さんのコンサートをとても楽しみにしてたんです。一度、『百合さんのために作った曲は、いつか気持ちの整理がついたら演奏します』と話してくれたんですが……結局、聴かせていただけませんでした」

「そんなことがあったんですね……」

「ずっと気にはなっていたんですが、姉が死んだのは十六年も前ですし、あえて尋ねませんでした。奏一さんが姉を忘れて新しい人生を歩んでいるのなら、それでもいいと思っていたので……。今日はお電話をありがとうございました」

崎村は気を取り直したように言った。それに応えて電話を切り、杏菜は深く息を吐き出した。スマホをバッグに戻そうとしたとき、ふと叔父のファイルに『我が心のリリー』というタイトルの譜面があったことを思い出す。崎村は姉の名前を〝百合〟だと言っていた。

「まさか」

杏菜はパソコンデスクに駆け寄り、ファイルから楽譜を探し出した。色あせた譜面。それに添えられているのは、大切な人を想う歌詞だ。

杏菜は部屋を見回し、ラックに置かれていたキーボードに目を留めた。椅子に座って電源を入れ、譜面台に楽譜を広げる。ギターの譜面は実際の音より一オクターブ高い音で表記されるため、キーボードでは一オクターブ低く弾く。

〝手を離さないで。君がいなければ、息ができなくなるから〟

すがるように想いを伝えようとする歌詞。叔父が百合のために作った曲に違いない。譜面を追ううちに、小さい頃に見た叔父の姿が鮮明に蘇ってくる。

いつも黒の革ジャンを着てギターを背負い、バイクで会いに来てくれた。ギターで弾き語りをしてくれたことも、ツーリングの思い出話を聞かせてくれたこともあった。おおらかで優しくてかっこよくて……。

今わかった。叔父が親戚中にせっつかれても、なぜ結婚しなかったのか――。

目頭がたまらなく熱くなり、弾き終えたときには叔父の想いに圧倒されていた。息を吐いたとき、スマホが鳴り出した。画面にはさっきかけたばかりのうみまちの番号が表示されている。杏菜は涙を拭って努めて落ち着いた声を出す。

「榎本です」

「うみまちの崎村です。すみません、今お電話大丈夫でしょうか？」

少し急いたような崎村の声が聞こえてきた。

「はい、大丈夫です」

「実は奏一さんから、姪の杏菜さんがピアノの講師をしていると伺ったことがありまして。もしよければなんですが、施設に来て演奏していただけないでしょうか？　あまりたくさんお礼はできないのですが、利用者さんたちはコンサートをとても楽しみにしてましたので……」

杏菜は叔父の楽譜に目をやった。慰問コンサートの約束を果たせなかったことを、叔父ならきっと心残りに思っているだろう。

「わかりました」

杏菜は自然とそう答え、叔父と同様、ボランティアで引き受ける約束をした。


一週間後、杏菜は父の車を借りて、琵琶湖東岸にあるうみまちを目指した。滋賀県に入り、琵琶湖大橋とさざなみ街道を通る。ツーリングが好きだった叔父なら、湖沿いのこのルートを走っただろう。百合が生きていた頃、ナナハンの後ろに彼女を乗せて走ったこともあったかもしれない――。

叔父の足跡をたどるようにして、目的地にはコンサートが始まる二時の三十分前に着いた。うみまちは琵琶湖に面した一階建ての広い建物だ。駐車場で車を下りると、庭でパラソルを開いていた職員が杏菜に気づいて顔を向けた。四十歳くらいの背の高い男性だ。白いスニーカーに紺色のポロシャツとズボンという恰好で、胸元には〝うみまち〟の白い文字が刺繍されている。

「こんにちは、榎本杏菜と申します。慰問コンサートに来ました」

杏菜が挨拶をすると、男性は面長の顔に人のよさそうな笑みを浮かべた。

「ああ、榎本さん。こんにちは、お待ちしてました。施設長の崎村です。今日はよろしくお願いします。会場のレクリエーションルームにご案内しますね」

崎村は杏菜を施設の入口へと促し、琵琶湖が望める大部屋に案内した。テーブルと椅子が整然と並び、壁際にアップライトピアノが横向きに置かれている。

杏菜が指慣らしをしていると、利用者のおじいちゃんとおばあちゃんが二十人ほど入ってきた。崎村と同じ制服姿の職員が六人、利用者を見守るようにテーブルの後ろに立ったところで、崎村は部屋を見回し杏菜の紹介を始める。

「こちらは倉田奏一さんの姪御さんで、ピアニストの榎本杏菜さんです。先日お話ししました通り、奏一さんに代わって弾き語りをしてくださいます」

「榎本杏菜です。よろしくお願いいたします」

杏菜はお辞儀をした。奏一が死んだことを崎村が事前に伝えていたためか、みんな少し沈んだ面持ちをしている。コンサートや発表会で演奏したことは何度もあるが、こんな雰囲気の中、一人で演奏するのは初めてだ。

「ご存じの曲がありましたら、ぜひ一緒に歌ってくださいね」

杏菜は努めて元気な声で曲名を告げ、演奏を始めた。利用者世代に懐かしい昭和のヒットソングや、最近流行りの人気テレビドラマの主題歌などを選んでいる。明るいピアノの音色に乗せて歌ううちに、歌声につられて手拍子が起こり、利用者も一緒に歌い始めた。楽しそうに手を叩き、笑顔で歌うおじいちゃんおばあちゃんの姿を見ているうちに、なんだか胸が熱くなってくる。

やがて八曲の弾き語りを終え、杏菜は立ち上がってお辞儀をした。拍手を浴びながら、ピアノの横に立っている崎村を見ると、彼はいつの間にか両手に写真立てを持っていた。写っているのは、華やかな赤い振袖の女性と革ジャンにライダースジーンズの男性だ。男性はギターを背負い、バイクにもたれている。

「姉の成人式に奏一さんがお祝いに来てくれたときの写真です」

崎村は懐かしそうに目を細めて、写真立てをピアノの上に置いた。面長の女性がはにかんだ笑みを浮かべていて、若い叔父の表情も明るく幸せそうだ。

「アンコール、アンコール!」

追加演奏を求める手拍子が鳴り、杏菜は椅子に座った。拍手が消え、杏菜は百合と叔父の写真を見上げる。二人が並んだ今、弾くならこの曲しかない。

「叔父が十六年前に作った曲を演奏します。タイトルは『我が心のリリー』」

静かになった部屋の中、杏菜は大きく息を吸って十指を動かす。叔父の想いのこもった曲をピアノで弾き、彼の代わりに歌う。けれど、音に乗せるのは、伝えられなかった悲しい想いではなく、十六年間変わらなかった心だ。

(叔父さん、百合さんに会えましたか——)

最後の音が消えて刹那静寂に包まれた後、大きな拍手が起こった。

「この曲は……奏一さんが姉のために作ってくれた曲ですね?」

崎村が目を赤くして言い、杏菜は目を潤ませて頷(うなず)いた。杏菜は最後の挨拶のため、立ち上がって頭を下げる。

「本日はお聴きくださり、ありがとうございました」

顔を上げたとき、最前列のおばあちゃんが手を振っているのが見えた。

「杏菜ちゃーん」

杏菜が近づくと、おばあちゃんはくしゃっと顔を崩して杏菜の右手を握る。

「ありがとう、とーっても楽しかった。最後の曲も感動したよ」

「そう言ってもらえて嬉しいです」

同じテーブルに座っていたおじいちゃんおばあちゃんが口々に言う。

「奏ちゃんのことは残念だったね。奏ちゃんは私たちのアイドルだったのよ」

「私のお葬式ではギターを弾いて送ってねってお願いしてたのに」

「みんな三ヵ月に一度のコンサートを楽しみにしてたんだ。張り合いがなくなってしまったなぁ」

崎村が寂しさの混じった表情で言葉を挟む。

「奏一さんはトークも面白くて、私もみんなも大ファンだったんですよ」

叔父は親戚の間では鼻つまみ者だったが、ここではこんなに多くの人に慕われていたのだ。杏菜は胸がいっぱいになって、指先で目元を拭った。

「おや、さっそく榎本さんのファンが誕生したみたいですね」

崎村が隣のテーブルを視線で示した。そこでは車椅子の白髪のおじいちゃんが、〝杏菜ちゃん〟とマジックで手書きしたうちわをゆっくり振っている。

「またコンサート開いてなぁ。杏菜ちゃんに元気をもらいたいからぁ」

その言葉にハッとした。弟が生まれたばかりで寂しかったあのとき。叔父は幼児に大人気のアニメソングを、ギターを弾きながら一緒に歌ってくれた。杏菜が楽しくなってはしゃぐと、奏一は「嬉しいなぁ。杏菜ちゃんが叔父ちゃんと一緒に歌って笑顔になってくれた」と微笑んだ。あのとき、杏菜は音楽の力を肌で感じた。それから叔父と会うたびに、いつしか自分も音楽で人を笑顔にしたいと思うようになったのだ。

抜きんでた才能がなくてコンサートピアニストになる夢は諦めたが、人を笑顔にする方法はほかにもある。

（叔父さんみたいに、講師をしながらおじいちゃんおばあちゃんのアイドルになるのも悪くない）

すっきりした気持ちで叔父の写真を見ると、大きな笑顔の叔父と目が合った。

「癒し」のオシゴト

朝比奈歩

「お前といると癒されないし、自信がなくなる」

そう言って別れを告げてきた彼氏が、浮気していたのは知っていた。就活にかまけて彼を放置していたので私も悪い。将来したいことが決まらないと、うだうだと悩むばかりで動かない彼がウザかったのだ。

浮気相手は彼のサークルの後輩で、いかにも女を売りにしている子。可愛げのない私と正反対で、なんでもかんでも誰かに頼る。思わず助けたくなっちゃうタイプなんだろう。

きっと一緒にいるだけで、男なら癒される。そういう女だ。

「あっそ、わかった」

自分でもびっくりするぐらい冷めた声がでた。彼が安堵したように息を吐く。その仕草にムカついて、カフェの伝票を乱暴に摑んで席を立った。

彼のぶんまで支払ってやる。最後まで可愛げのない女でいてやることが、意趣返しのつもりだった。

夕立の中、アスファルトを強く蹴って歩く。傘はない。髪は濡れ、メイクは流れてしまっているだろう。薄い素材のブラウスが体に張り付いて気持ち悪いし、下着が透けているはずだ。

すれ違う男たちの視線が、胸のあたりにいく。チラチラ見るやつ。じっと凝視するやつ。だらしなく口元を緩めるやつ。

ああ、ムカツク。女の部分にしか興味のない男どもは滅べっ！

別にフェミニズム論を振りかざしたいわけじゃないし、見えているものを見るなとヒステリックにわめく気もない。私だって、雨の中、下着を透けさせて歩いてる人がいたら二度見してしまう。

男なら、そういう欲に逆らえないのも仕方ないらしい。だけど今は、「仕方ない」で片づけてもらえる男のそういう性質にイライラする。

癒されないから浮気した。男なら仕方ないじゃんと彼の目は言っていた。癒さない私が悪いんだと。

さしずめ女なら、「寂しかったから」を常套句に浮気をするやつだ。

ああもうっ、甘えんな！　それが浮気の言い訳になると思うな！

なんであんな男、好きになったんだろう。いいところだってあったはずなのに、今はなんにも思い出せない。

浮気女は、彼を含めて大学で五股かけている。まだ学生なのに就活より婚活を熱心にしているので、学外を含めたら五人どころではないだろう。

専業主婦希望の彼女は将来稼ぎそうな男を物色しつつ、敬遠されないよう「将来は旦那さんを支えながらぁ、家事も仕事も頑張りたいなぁ」と口先では言っている。

女子の間では有名な話で、男子は知らないというか見えてない。男どもは彼女の優しげで甘い雰囲気と、耳に心地よい言葉に惑わされている。忠言する女子は嫉妬してることになるから、誰も男子に真実なんて教えてやらない。

女子たちは、引っかかる男どもを陰でバカにして、彼女の必死さを嘲笑っていた。私もその一人だったけど、結婚したら共働き希望だと言っていた恋人を寝取られた。

やってらんない。こっちは結婚も視野に入れて、産休育休がとりやすい会社を選んで就活して、内定だってもらったのに。彼みたいに、将来したいことを考えて就活したのでもない。彼との未来を考えていた。

それなのに、男なんて現実的に動く女より、甘い言葉を吐く女のほうが好きなんだ。

大通りの歩道の真ん中で足が止まる。腹立ちが頂点に達した。

「でも、その女は五股かけてんだよ！　ざまあみろ！」

ちょうど雨脚が弱くなったところ。私の怒鳴り声はよく響いた。

通り過ぎる人が振り返り、近くで客引きをしていたウェイトレス姿の女の子が、小さく悲鳴を上げてティッシュの入ったカゴを落とす。

「あ……ごめんなさい」

濡れた道にティッシュが散らばる。私のせいだ。慌ててしゃがんで一緒にティッシュを拾ってカゴに戻す。顔を上げ、目が合う。彼女のやけに大きな目が、ぐりっと丸くなり「あ！」という形で口が開く。

「久しぶり！　元気だった？　私だよ私！」

なにかの詐欺かと眉をひそめると、彼女が名乗った。五秒ほどかたまった私は、同じように目も口も丸くした。高校の元同級生だった。

「なにこれ？　意味がわからない」

渡されたメニューを見て頭を抱える。

連れてこられたのはアイドルカフェ。メイドカフェのアイドル版らしい。店内の液晶テレビに、歌って踊る女の子たちの映像が流れている。

アイドルを本気で目指して活動している子や、時給がいいからとゆるい感じでアイドル候補生をやっている子が働いていると、店に入る前に聞いた。元同級生は後者だそうだ。

メニューにはけったいな単語が並んでいる。食べ物とは思えない名前の下に説明があるが、理解が追いつかない。とりあえずオススメと言われたものを頼むと、ごく普通のアイスティーと茶請けにクッキーが二枚きて安心した。

店で貸してもらったタオルを畳みながら、店内を見回す。ブラウスはまだ透けていたが、誰もこちらを見ない。

ここにいる男性は、見知らぬ女の下着に興味はない。それよりも、店内を行き来するアイドル店員を熱心に目で追っている。

男性以外に女性客もいて、向かいに座ったアイドル店員と楽しそうに会話していた。他にもなにやらアイドルの店員が歌ったり、料理に魔法をかけるという謎行動をしていたりする。

メニューをもう一度見ると、追加料金でアイドル店員を席に呼んだり、写真を撮ったり、いろいろオプションがあるらしい。

「キャバクラか……？」

そういうお店と似たようなシステムっぽい。といっても、キャバクラに行ったことがないのでよくはわからない。

ただ、水商売に感じる性的な空気感はない。店内が明るく、店員の露出も少なく、女性客がそこそこいるせいだろうか。オプションも健全だ。

なぜだか、ほっと肩の力が抜けてしまった。

ここでは下着が透けてようが、誰も私を見ない。女性として欲を向けられることも、役割を求められることもない。そういう役割はアイドルが一手に引き受けてくれている。

「ちょっと、いい。少し話さない？」

元同級生が休憩なんだと言って、向かいに座る。制服の胸元には「ミミ」と書かれた名札がついている。これが、ここでの名前だそうだ。

「久しぶりだね。偶然でびっくりした」

「私も〜。てか、こんなバイトしてるとは思わなかった……」

彼女は高校でも真面目な部類で、可愛くて、頭も良くて教師受けもよかった。けれど固すぎるところはなくて、物腰柔らかで一緒にいると心地よさを感じた。今も、彼女が微笑(ほほえ)んだだけで気持ちがふわりと軽くなる。

ああ、こういう子を男は求めてるんだろうな。

自分はこうはなれない。歯がゆさに、きゅっと唇を引き結ぶ。

「なんかあったの？　心配で、強引に連れ込んじゃったけど大丈夫？」

「ああ……ちょっとカレシに振られてね」

へろっと笑い、かいつまんで経緯を話した。

「そうだったんだ……」

「まあ、仕方ないよね。私って昔から気が強くって、癒し系じゃないから男に好かれないし」

自分で言って胸がずきっと痛んだ。平気だと思ってたつもりだけど、彼の最後の言葉が棘みたいに刺さって引っこ抜けない。

じわっと視界が歪む。誤魔化すように笑おうとしたら、ミミに両手をぎゅっと強く握られた。

「なに言ってんの、仕方なくなんかないよ！」

返ってきた力強い言葉にびっくりする。

「私も同棲してたカレシと別れたばっかなんだ。同じように、癒されないって言われて、頭にきて振ったの。だから今、ここでバイトしてんだ」

私が瞬きして首を傾げると、ミミも経緯を話しだす。

奨学金のあるミミは、少しでも早く返済しようとバイトを掛け持ちし、生活費を安くするために同じ境遇の彼氏と同棲していた。家事も生活費も折半で、最初はそれなりにうまくいっていた。

けれどある日、バイトで疲れて帰宅すると同じように疲れていた彼と喧嘩になった。二人とも余裕がなかった。

『前は癒されたのに、一緒に暮らすようになってからお前といると安らげない。女なら、なんでもっと優しくできないんだよ！』

放たれたその言葉に、ミミの中でなにかがすっと冷めたそうだ。

「多分、愛情かな。そういうのが一瞬で消えたんだよね」

「意外だな。ミミと一緒にいると落ち着くし、癒されるのに」

「それ、昔からよく言われるけど外面だし。今は仕事だよね。癒しのオシゴト」

にこっとミミが笑う。

「だいたいさ、男って女に無報酬で癒してもらえるもんだって思い込んでない？　そういうの専業主婦が多かった時代はぎりぎり許されてたけど、共働きが当たり前の現代でなに言ってんのって感じ。こっちだって仕事で疲れて帰宅したら誰かに癒されたいんだよ！　しかも折半だったはずの家事はいつの間にか八割がた私の担当になってて、文句言うと忙しいから仕方ないって返ってくるの。なのに生活費はずっと折半。最悪だよね！」

乗り出し気味で熱弁するミミに、ちょっと引き気味になって頷く。

「それで癒されないとか、なに言ってんのって感じ。愛も冷めるよ。そっちの元カレも女に癒してもらって当然って価値観でしょ。絶対おかしいって」

「それもそうだね。なんで私が癒して当然みたいに言われてんだろ？」

癒すというのは口で言うほど簡単じゃない。まず自身のメンタルが安定していないと、誰かに優しくできない。笑顔ひとつ作るのだって大変だ。お金が介在する仕事なら、まだ気持ちを切り替えらえるだろうけれど、自分だって寛ぎたい自宅でそれを要求されたミミはストレスだっただろう。

自分だって恋人を癒さずに追いつめていたことに、ミミの元カレは気づいていたのだろうか。

「要はさ、外で否定されることが多くてストレス溜まるから、家ではなにを言っても自分をすべて肯定してもらいたいってことだよね。その気持ち、私だってわかるよ。同じように働いてるんだもん。でも、それって癒しというかカウンセリングに近くない？　この仕事もキャバも、もとはみんな一緒でカウンセリングだと思うんだよね」

そこに性的なことやオタク要素がつくだけなんだとミミが言う。

「それ以外で無償で全肯定してくれるのなんて、お前のママだけだろって話。可愛い赤ちゃんや子供時代を見てない彼女や妻に、ママと同じ愛情をタダで求めるとかキモいんだよ。それを望むなら、男はパパになって生活費全額負担してお小遣いも寄こせって話なわけ。これが平等よ」

よほど腹が立っているのか、やや毒舌気味だ。でもたしかに、夫が働き妻は専業主婦という夫婦関係は、疑似親子そのものだ。

それを悪いとは思わない。二人の間で納得して、愛情のやりとりがきちんとあるなら幸福だろう。

でも、なにもかも平等で折半になるなら、この疑似親子で発生する依存関係は成り立たない。お互い負担になってしまう。

「だいたいさ、カウンセラーと三十分話していくら払うと思う？　保険適用なければエッチするより高いんだよ。それを一緒に暮らす女に無償で求めるとか何様？　だったら他人を癒してお金もらったほうがマシだと思って、このバイトしてみたんだ」

それでお金をもらったら、気持ちがスッキリしたそうだ。

「デート代も生活費も家事も折半ならさ、癒しだって折半じゃなきゃおかしいよね。家事スキルだけでなく、男もスキンケアとかオシャレとか自分磨きして、見た目でも女を癒してくれてもよくない？」

「そっか……そういう考え方もあるんだね」

まだちょっとついていけない気もしたけど、ミミの言うことには一理ある。

私もデート代はずっと折半だった。

おごってもらっていたらしい浮気女は、癒しの対価を徴収していただけなのだろう。そう考えると、専業主婦の野望を叶えるために、癒しを振りまくという労働に従事していた浮気女を憎めなくなった。

たぶん私は、癒したりとかは不得意だ。自分のほうが癒されたい。浮気女は偉いなと、ちょっとだけ感心してしまった。だって、いろんな男を癒すために、浮気女は自身のメンタルケアを怠らなかったってことだ。

でもやっぱり浮気はよくない。そこは許せなかった。

「別れてよかったじゃん。そのまま結婚や同棲したら癒し搾取された挙句、家庭では癒されたいのにとか、お決まりのセリフ吐かれて浮気されたかもしれないよ。だいたいその彼に癒してもらったことある？」

「ないかも……ないな」

相談を聞いてくれても最後にお説教みたいなことを言われ、それをありがたく私が拝聴し、結局、彼のほうが満足して終わる。

私はただ共感というより、肯定してもらいたかった。解決策云々よりも、私が間違っていても否定しないで、落ち着くまで傍にいてくれる。そういう存在がほしかった。きっとそれが癒しなのだろう。

「でしょ。なら、癒されないなんて言うのは悪質クレーマーじゃん。同等の癒しの提供か、お金払えよって話。だからあなたはなーんにも悪くない！　キッパリ振って偉かったね！」

笑顔で褒めてくれるミミに、心に刺さっていた棘がぽろぽろと抜けて溶けていく。

私にも駄目な部分だってあるのに、それはあえて指摘しないで悪くないと言ってくれて、笑顔で応援までしてくれる。そういう「癒し」がここにはあって、それが彼女のオシゴト。

キャバクラやアイドルにお金をつぎ込む人や、二次元キャラに癒される人の気持ちがずっと理解できなかった。でも、今ならわかる。

直接会話できない相手であっても、彼らはファンである私たちを否定しない。いつも笑顔で癒してくれるのだ。

休憩時間が終わったミミは「よかったら、また来てね！　いくらでも癒すよ！

もちろんオシゴトとして」とおどけながら名刺を置いて、仕事に戻っていった。

それから彼女は別の席のお客さんの間を回って、歌ったり写真を撮ったり魔法をかけたり、癒しを振りまく。その姿をまぶしく感じながら店をでた。

雨は上がっていた。スマホが震える。

元彼からの通知に、浮気女の名前がちらりと見えた。アプリを立ち上げると、内容は読まずに連絡先をブロックする。

代わりにミミの名刺にあったQRコードを読み込んで登録した。

「また、来よう」

今度はスキップするように、軽やかにアスファルトを蹴って歩きだした。

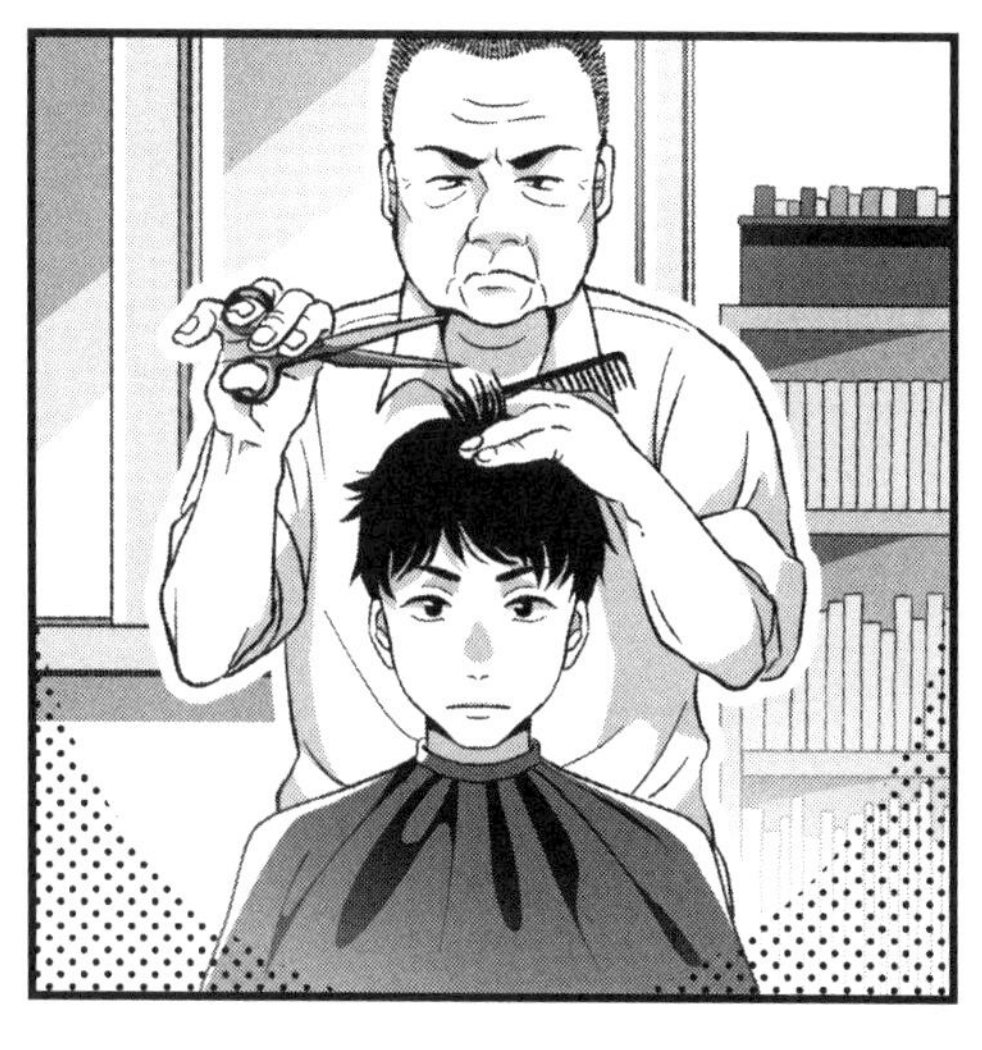

天使が前を向けと歌う

浜野稚子

「何がアイドルだよ、みんなおばさんじゃねえか」

隣に座る高学年男子の呟きに小学二年の康太も心の内で同意した。

食堂に作られた仮設舞台で歌っているのは、女性三人組ボーカルユニット『リリマリコ』だ。ユニット名はリリとリマ、マリコというメンバーの名を繋げたものらしい。デニムのオーバーオールで若さを装っているが、三人とも康太の母親と変わらない年頃だろう。アイドルが来ると聞いて集まった子供達は一様にがっかりしてパイプ椅子に腰を沈めていた。初めて聴くオリジナル曲に戸惑い、手拍子もまばらだ。ステージ上の三人はそんな観客の反応に慣れた様子で、軽妙なトークを交え次第に場を和ませていった。

「次の曲、『前を向いて進め』という歌詞のところで皆さんも拳を高く上げて歌ってみてくださいね。周りの人の目を気にしないで。ただ前を向いて歌って」

朗々と響くリリマリコの声と繰り返される単純なメロディに誘われ、愚痴をこぼしていた隣の少年も康太も、気づけば会場中が歌詞を口ずさみ始めた。不安や寂しさ、怒りを溜めこんだ子供達の心に曙光が差すようだった。あの日の一時間の演奏で康太はおばさんアイドル、リリマリコにすっかり心を摑まれた。

＊＊＊

「前を向いて進めー、自分を信じてー」

泥みの歌をもぞもぞと口ずさみペダルを踏む。フレームの曲がったママチャリが合いの手を入れるように異音を立てた。暑さがピークに至る午後二時半だ。夏の太陽が容赦なく照り付けて全身にとめどなく汗が伝う。交差点の向こう、揺らめく陽炎の中に古びた新聞販売店のビルが見えた。

新聞奨学生の康太は、学費を新聞社に支払ってもらう代わりに販売店の寮に住み込みで働いている。業務は深夜一時半から四時半までの朝刊配達と夕方三時から五時の夕刊配達。朝夕の業務の間に大学に通う。

想像の段階ではさほど難しいことではないように思えた。実際にやってみるとこの生活は過酷だ。僅かな自由時間はレポート作成やテスト勉強に消え、睡眠時間は短い。付き合いの悪さから大学では苦学生と皮肉られ、サークルや飲み会といったイベントとは無縁の青春。現に新聞奨学生制度で大学卒業まで挫折せず完遂できる学生はほんの一握りなのだ。康太はこの生活を一年三か月続けてきた。残り二年と九か月、先は長い。自分で決めたこととはいえ、逃げたい気持ちは常にあるし、学費の心配をしなくていい人達が恨めしくもなる。

ペダルは重く、溜息を込めた歌声はやや大きくなった。

「前を向いて進めー、あなたを想う人がいるー。前をー、向いてー」

わが身を励ます応援歌『前を向いて』はいつでも頭に流れている。気を抜くと人前でもうっかり声に出てしまうので困る。大学でゼミの仲間に「何の歌？」と尋ねられて焦った。鼻歌を聞かれた照れ臭さもさることながら、心の奥に収めた秘密を漏らしてしまったような気まずさを感じた。

康太がリリマリコに出会って十年。相変わらず彼女達の世間的知名度は高くない。メンバー三人は芸歴二十年で平均年齢は四十五歳になった。ファンだと公言するのは二回り年上の彼女を紹介するようで面映ゆい。それに、リリマリコを語れば、康太自身についても「訳ありの人」と余計な詮索をされそうでためらう。彼女達は刑務所慰問を活動の軸としているプリズンアイドルなのだから。

駐輪場の入り口に人影を認め、康太は歌を止めて口を結んだ。

白いカッターシャツ姿の初老の男がコンクリート壁にもたれて煙草を吸っている。新聞販売店のビルに入っている理髪店の理容師、たしか馬場(ばば)という名だ。長くこの場にいるのだろうか、短く刈りこんだ胡麻塩(ごましお)頭の額に大粒の汗を浮かべている。ブルドッグのごとく垂れた頬と腫れぼったい一重瞼(ひとえまぶた)の強面(こわもて)。眩(まぶ)しさに眇(すが)めた目が顔面の凄みを増す。できれば近づきたくない外貌。ネットで公開されている理髪店の評価に『前科者っぽい従業員』『刑務所で理容師資格を取ったに違いない』と客からコメントが寄せられたほどだ。本人は否定も肯定もしないが、最近では陰で「前科者」と呼ばれている。

会釈して通り過ぎようとしたところ、「これから夕刊か？」と嗄(しゃが)れ声で訊(たず)ねられた。馬場と行き会うことは幾度かあったが話しかけられたのは初めてだ。

「え、ええ。お疲れ様です。……休憩ですか？」

馬場は「ああ」と素っ気なく応え、根元まで吸い尽くした煙草を携帯灰皿に押し付けた。自分から声をかけたくせに会話のキャッチボールを続ける努力はしない。投げっぱなしのボールを相手が拾うのを黙って待っているように、康太が自転車を止めるのを難しい顔で眺めている。刺すような馬場の視線が気詰まりで、康太は仕方なく話題をひねり出した。

「そういえば、さっき新しい店の前を通りましたよ。ガラス張りでかっこいいですね。広そうだし、あっちは休憩室もあるんじゃないですか？」

新聞販売店のビルは立て直しのため来月取り壊される。それに伴い新聞販売店は今月末から仮店舗で営業、テナントの理髪店は表通りの建物に移転するのだ。

「さあな、俺は今月で終わりだ」と馬場はズボンのポケットに手を入れた。

「え？　終わりって……辞めちゃうんですか？」

「辞めてほしいって言われたからな。新しい店の雰囲気に俺は合わないらしい」

客のコメントのせいか。雇い主は移転に乗じて馬場を切り捨てるようだ。解雇の理由が「雰囲気」では腑に落ちないだろうに。康太にはかける言葉が浮かばなかった。気重な沈黙が生まれ、馬場が片方の口の端を不自然に押し上げた。それが馬場なりの笑顔だと気付くのには少し時間がかかった。

「なあ、お前さん」

馬場がぼそっと康太に呼びかけたとき、新聞配達のパート従業員がこちらに向かって来るのが見えた。馬場は思いとどまるように口を噤み、康太に背中を向けた。何を言いたかったのだろう。立ち去る後ろ姿を視線だけで追いかけると、固太りの四角い背中からハミングが漏れ聞こえてきた。

「ふんふんふーん、ふんふふふーん、ふんふんふーん」

あれ？　この曲――。

「ふんふんふーん、ふふふーん」

馬場の鼻歌と康太の中に流れるリリマリコの『前を向いて』が重なった。

リリマリコの活動がドキュメンタリー番組に取り上げられたことがある。タイトルは『塀の中の天使、プリズンアイドル』だ。刑務所慰問はけしてお金になる仕事ではない。機材を積み込んだワンボックスを自ら運転して日本全国の現場に向かう姿が撮られていた。モザイク加工で灰色にぼやけた客席、手拍子や歓声が制限されたコンサート。「一緒に歌って」というリリマリコの誘い掛けに応え、「前を向いて進め」というフレーズは低い声の合唱になった。
リリマリコの曲には洒落(しゃれ)た要素がひとつもない。シンプルな詞、誰でも歌えるメロディを心掛けて曲作りをしていると彼女達は語っていた。そういう真っ直ぐな曲が、どん底を経験した人の良心にこそ響くと信じて、リリマリコは刑務所の慰問を続けている。

馬場が働く理髪店はサービスを簡素化したチケット制だ。客は入り口の自動販売機でチケットを買い、壁沿いに並んだ丸椅子に左詰めに座って待機する。理容師は四人いるが客は担当を指名できない。気に入らない理容師を避けるために順番を譲る客を度々見かける。避けられる理容師は決まって馬場だ。

「お先にどうぞ」

左隣のサラリーマン風の男に声を掛けられるのは狙い通りだった。康太は馬場が待つ席に座った。

「なんだ、来たのか」

馬場は顔の半分だけ引きつらせるようなぎこちない笑みを見せた。

もしかしたら、馬場は自転車置き場で康太を待っていたのではないか。夕刊を配りながらそのことが気になって落ち着かず、終業するや否や来てしまった。

「いつも通りで？」

鏡越しに康太の顔を覗(のぞ)いて、そう確認しただけで馬場は作業に入った。ハサミを動かす間は一言も話さない。話がしたかったわけではないのか。

馬場の理容師としての技量がどれほどのレベルか康太にはわからないが、仕事は丁寧だと思う。癖が強くて扱い辛(づら)いと言われる康太の髪も馬場に散髪してもらうとすっきり収まる。勤務態度も真面目で、暇ができれば積極的に床掃除をしている。それなのに馬場は客や従業員に受け入れられない。仮に馬場が前科者というのが事実だとして、過去の罪はいつまで彼の人生を縛るのだろう。

「前を向いて進め」と康太の心の中のリリマリコが馬場にエールを送る。馬場のハサミが音頭を取るように耳元でシャキシャキと音を立てた。

誘ったのは馬場の方だった。散髪を終えて康太の顔をタオルで払いながら、これからラーメンでもどうだ？　と。理髪店は新店舗の準備のため営業時間を短縮していた。部外者となる馬場は早めに退社するように言われていたようだ。

暖簾（のれん）をくぐると強い冷房の風が天井から吹き付けた。馬場は油で黄ばんだ壁のメニュー表を指して、ラーメンと餃子、それから生ビールをふたつずつ注文した。酒はあまり飲めないと康太が伝える間もなかった。奢（おご）りだからと背中を叩かれ、仕事を失う人に甘えていいものかと逡巡（しゅんじゅん）した。

「お前さん、リリマリコをどこで知った？」

カウンター椅子に腰かけるなり馬場が言った。唐突な問いに目を見開く康太に、「出勤前にいつも歌ってるだろう？」と続ける。

いつも、ということは、日常的に大声で歌っていたということだ。そしてそれを聞かれていたのか。きまり悪さに頬が火照り、康太は思わず俯いた。

「言いにくいならいいんだ。誰にだって言いたくないことはあるよな」

馬場は運ばれたばかりのビアジョッキを取り上げ、勢いよくビールを呷った。

プリズンアイドルリリマリコの曲を熱唱する康太を、脛に傷持つ身と思い込んでいることは間違いない。

「そうじゃなくて、養護施設ですよ、俺がリリマリコに会ったのは」

「養護施設……というと……少年院じゃなく？　なんだ、そうか」

馬場はホッとしたように息を吐きかけ、「……いや、それも辛い思い出だな。悪かった、言いにくいことを」と肩を落とした。

「いえ。たった半年いただけなんで、大して気にしてないし、大丈夫です」

とはいえ、他人に話したことはなかった。小二のときのことだ。事業に失敗した父親がすべてを投げ出して逃亡した。母親は精神的に不安定になり康太は施設に預けられた。半年後、残した母子の姿をこっそり窺おうと戻った父親が実状を知って、康太を施設に迎えに来たのだ。リリマリコが慰問に来たのはその短い入所期間だった。

「馬場さんはどこでリリマリコを？」

「ああ、俺は息子から……俺じゃないんだよ、刑務所にいたのは。息子が、ちょっとの間だけ。そこに慰問に来たリリマリコのことを聞いた。なんてことない歌なのに涙が止まらなくなったってさ。それで俺もＣＤ買って。……弱いけど悪い奴（やつ）じゃないんだよ、息子は」

会社で経理をしていた馬場の息子は、同じ部署の先輩が横領していることに気づいた。口止め料を一方的に握らされて逃げ出せない状況に陥り、事が明るみに出たときには馬場の息子が主犯であるかのように仕組まれていたという。

「好きだったんだとよ、その先輩を。馬鹿だろう？」

不器用で、純真で、馬鹿だと思う。それ以上に先輩という人への憎悪が湧く。

「その先輩も罰を受けたんですか？」

「一応な。要領のいい真の悪人の方が息子よりずっと軽い刑だ。世知辛いな、世の中は。リリマリコが言うように前だけを向いていられりゃいいけど、向けないときもあるな」

カウンターの内側からラーメンが出され、馬場の横顔が湯気に包まれた。

「息子さんは今一緒に？」

「いや。どっかでひとりで暮らしてる。おせっかいで意地の悪い奴がいてな、息子が刑務所に入ったことが近所に知れ渡ったんだ。商売していられなくなって、俺は床屋を畳んで嫁と引っ越した。息子は出所したときにそれを知って、ショックを受けたらしい。行方をくらましやがった。今じゃ便りは年に一度、年賀状だけだ。もう五年になるな」

「責任を感じてるんですね」

「そんなもん気にするなら近くにいてヘラヘラ笑っといてくれる方がよっぽどましだ。心配して待つ親の身にもなれってんだ、バカ息子。それに比べてお前さんは偉いな。逃げそうになった親を許して、自分の力で大学に行って」

馬場は突然思い出したように、「食え」とラーメン鉢をひとつ康太の方へ押した。

鶏出汁(だし)と醤油(しょうゆ)が鼻先で香る。

「許したっていうか、迎えに来てくれたうれしさの方が大きかったんです。そんなに長い時間が経ってなかったから恨む気持ちはそれ程なくて。それに父親が施設に来たのはリリマリコが慰問に来た日からすぐだったんです。『前を向いて』って歌ってたら大丈夫って、リリマリコの言う通りだって思っちゃって」

「いや、偉い。お前さんは偉いよ」

馬場の肉厚な手が康太の後頭部を掴むように撫(な)でた。こんな風に人に頭に触れられたのはいつ以来だろう。

家庭を壊しかけた両親は、康太を養護施設から戻した後はよい親になろうと努力してくれた。暮らしに余裕はなかったけれど不幸だとは感じなかった。ただ、両親は康太が頑張ることをすべて、自分達のせいで無理をさせていると考えるようになった。偉いね、頑張っているねと褒めてもらいたいとき、両親は苦労させてごめんねと謝った。塾に行かずに国立大学に合格したときも、新聞奨学生制度を利用することに決めたときもそうだ。

「お前さんがいい子過ぎて、親は肩身が狭いかもしれんな。うちの息子と同じで、迷惑かけたと自分を責め続けてるはずだ。お前さん、不満とか愚痴でいい、たまには親に正直に言ってやれ。電話でいいから連絡してやれ」

前科者っぽいと揶揄（やゆ）される厳（いか）めしい顔が、守護神の仁王が如（ごと）く有難（ありがた）いものに見えてくる。仁王が額にしわを寄せてラーメンを啜（すす）った。

「馬場さん、来月から仕事どうするんですか？」

「手に職があるからなんとかなる。こんな風体でも使ってくれる店はあるよ」

「誤解を解いたらよかったんじゃないですか？　その……前科者っていう」

「息子は俺よりもっと辛い思いをしてるんじゃないかと思うと、自分だけ楽になりたくないような気がしてな。これから先あいつはずっと本物の前科者だ。厳しいよな。あいつも腹の中でリリマリコの曲を歌ったりして耐えてるのかな」

馬場はビアジョッキをマイクに見立てて、「前を向いて」をしばらく歌っていた。よくしゃべるのは本来の馬場の姿なのか、酒のせいなのか。

「いつも息子を励ましたくて歌っちまうんだ。息子には辛い思い出の歌だろうし、刑務所のことなんか忘れて生きてもらいたいと思うのに、なんでだろうな、気が付くと『前を向いて進め』って口が勝手にさ……」

きっと馬場の息子もどこかでリリマリコを口ずさみ健気に生きていると思う。

「馬場さん、今度ライブ行きましょうか。塀の外でも見られるんですよ、プリズンアイドルリリマリコ」

「そうなのか？　……だけど、リリマリコってアイドルと呼ぶにはおばさんだよな？」

誰に気を遣ったのか、馬場は康太に耳打ちするように声を潜めた。

康太は「ですね」と頷き、あの時の隣の席の少年はどうしているだろうかと思った。名前も覚えていないのに、見上げた横顔に内出血の痕があったことは忘れられない。

一緒にリリマリコに出会った施設の子供達、馬場の息子、たくさんの元受刑者。リリマリコの曲は辛い経験をした良心にこそ伝わる。「前を向いて」と口ずさむ人達の前方に遮るものが現れないことを切に願った。

あの子は天使

朝来みゆか

ライブやイベントでは最後列中央が山崎の定位置だ。ドリンクバーや出入口に近く、他のファンと挨拶しやすい。

冷めた客や一見が多いエリアからライブを盛り上げることで、闘志が燃え立つ。絶対に火壁を押し上げてやるぞ。ワンマンのチケット完売が常態になり、メジャーレーベル移籍、そしていつの日か武道館へ。

今は地下で輝いている火壁だが、メンバーも運営も目標は高い。ならばファンは全力で推すのみ。押忍。

火壁、正式名称を『東京ファイヤーウォールズ』という。五人組の女性アイドルグループで、正統派の美少女ぞろい。秋葉原を拠点に活動し、これまでに十枚のシングルと二枚のアルバムをリリースしている。

火壁に触れて三年目の山崎は、ファンとしては中堅。推しメンはにいな、十九歳。担当カラーは水色で、グループ内で最も高身長の百六十三センチ。

にいなが火壁に加入したのは、グループ結成から半年後の混沌期だった。既に加入していたリッカというメンバーとシンメトリーのポジションに配置され、「りつにい」コンビと呼ばれた。すらっとした体型でダンスが得意な二人は、新規ファン獲得にも寄与した。リッカがファンの一人と恋愛沙汰を起こして脱退するまでは。

「山さん、ども」

「おつです。今日も盛り上げていきましょ！」

開演時刻が迫ってきた。

山崎の誇りはライブ初参戦以来、無遅刻無欠勤であることだ。火壁のステージには他の何を差し置いても駆けつける。高円寺駅から徒歩十七分のワンルームに住み、車は持たない。時間の自由が利く職場を選び、自炊して食費を節約。お金も時間も火壁が最優先、そんな生活に満足している。

「いやー、俺、推し変しちゃったよ。もう天使だなーって」

山崎は眉を上げた。最古参ファンの一人であるネズ公の声だ。

喋(しゃべ)っている相手に見覚えはない。今日の2マンライブの相手、『路上でごめんね』のファンかもしれない。

一生にいな推しを豪語し、先月のイベントでも水色のタオルを振っていたネズ公が、どうしたことだろう。聞き違いであればいいが。

人波をかき分けて前方へと進むネズ公が握っているのは桃色のタオルだった。

……嘘だろ。

ライブ後のチェキ会が始まった。一回千円で、メンバーと写真撮影ができるイベントだ。山崎は手汗をぬぐい、にいなの列に並ぶ。

いつもは一番ににいなとチェキを撮るネズ公がいないことに、にいなが気づいてしまうんじゃないかと思うと気が気でない。なるべくにいなの視線が他メンバーの列に向かないよう、体の位置を調整して盾になってみたり、手を振ってみたりする。

駄目だ。にいながネズ公を見た。ももねるの列に並んで待つネズ公を。

前回のライブまでは確かににいな推しだった彼が、ももねるとチェキを撮ろうとしている。

「ももねるちゃーん、よかったよぉ、最高だったぁ、マジ天使」

「ありがとうございます」

上目遣いで応じるももねるに罪はない。研修生として加入した新メンバーで、十五歳の現役中学生。火壁の今後を考えれば、妹的ポジションのメンバーがいるのは有利だ。運営の意図はわかる。でも、にいなからももねるに心変わりするのは納得いかない。ネズ公め、最古参のプライドがないのか。

アイドルを推す。一般的には、コンサートに行ったりうちわを買ったりするんでしょ、という認識だろう。テレビに出るメジャーな子であれば、くまなく番組をチェックし、CMに使われる超メジャーな子ならばスポンサー企業の商品も買う。要するに、対象を喜ばせるためにお金を使う、それは間違っていない。でも十分じゃない。

何かのきっかけで出会い、人生にそのアイドルが入ってくる。笑う顔が見たくて、喜ばせたくて、力いっぱい応援する。アイドルとファンは、一対多の関係でありつつ、一対一の絆も築く。出会いの瞬間から唯一の物語が始まるんだ。

「山崎さん！」

にいなが呼んでいる。少し焦れたように首をかしげ、至近距離で瞳をきらきらさせて手招きしている。山崎は一歩踏み出した。にいなの香りに包まれる。

「来てくれてありがとう」

「今日もすごくよかったよ。もしかして、いつもと違うなぁって心配なことがあるかもしれないけど、それは火壁がもう一段階上に行くためのステップだし、大丈夫、俺はずっとにいな推しだから」

唾が飛ばないよう手の甲で口を押さえつつ話す。

「うん、ありがとう」

最高の笑顔。この笑顔だけで、三食連続のもやし炒めでも戦える。

一枚目は肩を寄せ合って撮影した。

またすぐ来るから、と目で伝える。うん、とにいながうなずく。

二巡目。

「アンコールのとき、ちょっとステップ替えてた？」

「あ、わかってくれたんだ？　嬉しい」

「やっぱそっか、そうだと思ったんだ」

「前回、ぶつかっちゃったから……さ」

「そうやって工夫するの、にいなのすごくいいところだと思うよ。さすがだよね」

撮りまーす、とスタッフが言った。山崎は親指を立てる。にいなも同じポーズ。

三巡目。

「でもぶつかったのって、にいなのせいじゃないでしょ。にいなは立ち位置も間違えてなかったし、前に出るタイミングだって……」

「いいのいいの」

先月のイベントでのできごとだ。商業施設の屋外ステージで楽曲披露中、にいなとももねるがぶつかった。大した勢いではなかったが、ももねるが尻もちをつき、「どうした」と観客席に動揺が広がった。にいなはパフォーマンスを止めることなく最後まで踊りきり、山崎はそのプロ意識に感動したのだ。

「撮りまーす」

「あ、じゃあさ、にいな、俺とぶつかってみて」

「え、それはさすがに」

「大丈夫、俺ちょっとやそっとじゃ倒れたりしないから」

「でも」

「撮りまーす」

急いで左手を伸ばした。山崎の左手と、にいなの右手で作るハートマーク。何も言わなくてもポーズが決まる、この「わかってる」感。にいなと重ねてきた日々の賜物だ。

物販テーブルに寄った後、にいなのチェキ列を見ると、誰も並んでいなかった。他のメンバーの撮影もあらかた終わり、ももねるの列だけが続いている。山崎は再度、にいなのところへ行き、四枚目のチェキを撮った。

予定外の出費だが、にいなとの思い出がまた増えた。後悔はない。絶対ににいなから離れないという山崎の気持ちも伝わったはずだ。満足だった。

翌週のライブは、植物園の屋外広場で行われた。季節の花々を背景に歌い、踊る五人。ノースリーブの衣装から伸びる白い腕がまぶしい。音響は残念だが、晴天に恵まれ、客の入りも悪くない。家族連れやカップルも立ち寄って聞いてくれる。広く火壁を知らしめたいという運営のもくろみは大成功だろう。

「赤のおねえちゃん、かわいいねー」

「お母さんは水色の子が素敵だと思うなぁ。テレビに出てるか検索してみようか」

親子の会話が漏れ聞こえてくる。すいませんテレビには出てないんですよでも俺の推しをほめてくださって嬉しいですありがとうございます——喉のあたりまで出かかった言葉を呑み込む。アイドルファンは、一般人から気味悪がられることが多い。火壁の印象をよくするためにも、軽率な行動は避けるべきだ。

「皆さんこんにちは！　いいお天気ですね。わたしたち、東京ファイヤーウォールズです！　今日は短い時間ではありますが、最後までぜひ、楽しんでいってください」

ファンが野太い歓声を上げる。山崎も腹の底から声を出した。

ステージは新曲から始まり、全六曲の構成だった。

にいなとは三回、目が合った。お互い視力がいいのだ。どんなときも、にいなは必ず山崎を見つけてくれる。俺を見てる、と感じる瞬間が一番興奮する。

ただ、にいなはネズ公にも投げキッスを送っていた。その瞬間のネズ公の顔を見てみたかったけれど、後ろからではわからない。

やっぱりネズ公の気持ちを取り戻したいんだろうな。

山崎はにいなが心底かわいそうになった。リッカが脱退した後、がんばって火壁を支えてきたにいな。ネズ公だけじゃなく、ファンは一人たりとも失いたくないはずだ。加入したばかりのももねるが人気をさらうのはくやしいだろう。

これからは複数名義を使い分けて、にいな宛にプレゼントを送ろう。新規ファンがついたと思って、にいなはきっと喜ぶ。

ライブ後の打ち上げは、植物園の最寄り駅近くの居酒屋で行われた。運営は関わらない、ファンだけの反省会だ。古参が仕切ってくれる。

「山さん、これ見て」

一人がタブレット端末を差し出した。SNSの画面だ。花の名前はわからないが、生花店の写真であることは明白だ。

「なんすか……リッカ絡み？」

「ご名答。ここ、リッカが働いてる花屋さんだって特定されてる。抜けたんだからどこで働こうがいいんだけどさ、そのアカウントがちょっと問題なんだよ」

「粘着してんの？」

「いや、違う。誰ともつながってない。で、匿名なんだけど、にいなじゃないかって」

「え？」

ゆっくりと画面をスクロールさせた。

『若さを盾にしててムカつく。こっちをBBA扱いしてきた』

『整形なんかしてないっつーのに、小娘が疑ってくる』

『こっちは努力に努力を重ねてポジション勝ち取ってきたんだよ。絶対渡さねー』

こんな言葉遣い、にいなのわけがない。場所がはっきりわかる写真は生花店の一枚だけで、他は全国展開するカフェの季節限定メニューだとか、空に浮かぶ雲など、当たり障りのないものばかりだ。山崎は端末を持ち主に返した。

「違うでしょう。アイドルに限らず、女同士の争いって、一般企業でもあると思うし。表立って言えないことを、ここで愚痴ってるだけだよね」

「でもなー、なんか匂うんだよ」

「なんかって？」

「それなりの人物。表で無理して綺麗ごとを並べてる奴特有の、裏アカの匂い。実はヘドロのような内心を、ぶちまけたいっていう、ね」

「いやいやいや、妄想だって。にいなも、他の子も、そんな暇じゃないでしょ」

打ち上げの空気は、もやもやしたままだった。

その場でもっと強く否定しておくべきだった。ファン同士の結束を高めるよう、古参に提言するべきだった。

しばらくして山崎は後悔することになる。

そのSNSアカウントの存在は運営の知るところとなったらしい。くだらない噂を運営が信じたとは思いたくないが、にいなは活動休止に追い込まれた。

にいなが歌ってくれた歌詞。

山崎を見つめるきらきらした目。

人間には表と裏があるという。でも、にいなに限ってはすべて本当で、本物だった。

嘘なんてつけない子。努力家で、メンバー思いで、大きな夢を描く女の子。

にいなには休養が必要なんだ。ちょっと疲れてしまって、いわゆる心の風邪っていうあれだ。でもにいなが輝く場所は火壁のステージなのだから、必ずまた戻ってくる。山崎は今までと同じように、にいなのブログにコメントを残す。書き出しはこうだ。

『今日の体調はどう？　にいなと出会ってから、毎日が楽しいよ』

そして自身のできごとを記す。なるべく簡潔に、楽しさが伝わるように。

最後は『元気になって戻ってくるのを待ってるね』と締める。

どんなときも、にいなのことを考える。いいことがあれば、にいなのおかげだ。悪いことがあれば、つらい目に遭うのがにいなではなく自分でよかったと思う。

にいながいない火壁のステージは、はっきり言って全然駄目だ。価値半減。でも、グループが解散になってしまったら困るし、にいなの代わりに見ておかないと、という使命感で足を運ぶ。

ライブハウスの物販コーナーでは、にいなのグッズを置かなくなった。脱退したかのような扱い。山崎は公式の通販でにいなのグッズを買い増した。にいなの人気は堅い、そう運営が判断してくれればいい。

にいなこそが天使なんだ。天使に気持ちを捧げるのは、幸せでしかない。山崎は永遠の信奉者でありたい。

ふと思い立って、あの日見たSNSの匿名アカウントを探した。IDはランダムな英数字の羅列だったが、記憶力には自信がある。

アカウントは存続していた。愚痴は減り、画像もない文字だけの弱気な投稿が続く。最新の発言は、ちょうど今朝。

『あたしの居場所はまだある？』

あるよ！　絶対にある。居場所がない奴なんていない。

大声で叫べたらどんなにいいだろう。もどかしさが息苦しい記憶を連れてくる。

かつて山崎は会社を裏切った。つき合って三ヶ月になる恋人から、病気の親の治療のためにお金が必要だと頼まれ、業務で得た顧客情報を売ったのだ。金を渡した翌日、恋人は音信不通になった。

仕事、仲間、安定した生活、すべてを失った。だました相手を恨み、だまされた自分への怒りに悶えた。酒の力を借りて眠る何年かを過ごし、ある日、街中で無料ライブと書かれた看板を見つけた。吸い込まれるように足を踏み入れ、火壁に触れた。にいながいた。山崎を見て微笑んでくれた。山崎は生きていく意味を見つけた。他者に対して純粋な気持ちをもう一度持てた自分が嬉しかった。にいなを推す山崎の物語が始まった。

ネットの片隅で罵詈雑言を重ねていたこの子は、にいなじゃない。他の誰が疑っても、山崎は疑いたくない。でも関係ない子だからと、知らんぷりもしたくない。

どこかの誰かさんよ。後輩を妬んだり、悪態をつくんじゃなくて、好きなものの、素敵なものを探してほしい。たとえばアイドルを応援してみないか？　人生最高って思えるぞ。ここにいる奴がみんな同じグループを推してる仲間なんだ、というライブの一体感はやみつきになるぞ。

山崎は捨てアカウントを作り、最新の発言に対して「いいね」リアクションをした。

活動休止から三ヶ月後、火壁の公式サイトに『にいな活動再開のお知らせ』というニュースが出た。

ここからだ。ここからまた始まる。山崎はこれまで以上ににいなを推していくつもりでいる。

君になりたい

浅海ユウ

西日の入る教室の真ん中。四つの机を集めて作られた三者面談のための席だ。

正面に座っている担任が、俺の隣にいる母に向かってにこやかに言う。

「受験まであと一年半ほどありますからね。香山君が本気で取り組めば、東都大学合格も夢じゃないと思います。陸上部の成績で他の私立大へのスポーツ推薦も可能ですが、やっぱり一般入試で東都大を目指すべきでしょう」

母が頭を下げた。

「ありがとうございます。同じ東都大出身の主人も喜ぶと思います」

俺を気遣うようにこっちをちらちら見ているのがわかる。

「じゃあ、第一志望は東都大。滑り止めは準難関私大ということで」

黙っている俺の代わりに、母が小さな声で「はい」と答える。俺の迷いを置き去りにして。

廊下で面談の順番を待っている親子に会釈をした後、母が小声で、「蒼汰。大学は行くんでしょ？」と、今頃になって確認してくる。わけもなく苛立った。

だが、一番腹が立つのは煮え切らない自分自身に、だ。——将来の自分自身の姿が全く想像できない。去年からずっと将来のことを考えているのに、自分でもどうしたいのかわからないのだ。

小学校の頃から要領がよく、勉強もスポーツも人並み以上にできた。ただ、何をやっても夢中になれなかった。それは今も変わらない。大学で学びたいと思うような分野もなければ、中学からやっている陸上を続けたいとも思わない。何もやりたいことがないのに、このまま進学していいんだろうか。漠然とした焦りだけがあった。

母と別れて教室に戻り、カバンに教科書を放り込んで自宅に帰った。

「お帰り。あと十分ぐらいで夕飯できるからね〜。レッスン、七時からでしょ？」

母の声を聞きながら、二階の自室に上がり、部屋の鍵を開けた。最近、自室のドアに施錠している。親に見られたくないポスターを貼っているからだ。

――愛翔(まなと)……。

こっちを見て涼しく微笑(ほほえ)んでいるのは宮沢(みやざわ)愛翔。彼は脱色したプラチナブロンドの髪と透けるような肌を持っている。が、黒い瞳と切れ長の目許(めもと)には東洋人特有の美しさがある。彼は男性アイドルを多数抱えている芸能事務所、結城(ゆうき)エージェンシーで今一番売れているダンス＆ボーカルユニット『空間ベクトル』のセンターボーカルだ。そして、俺が心を惹(ひ)かれた唯一の人間。といっても、自分が同性愛者であるという認識はない。ただ、これまで女性にも男性にも特別な興味を持ったことがなかった。なのに、愛翔を初めてテレビで見た瞬間、雷に打たれたような衝撃を覚えた。顔、スタイル、動作、表情。そのすべてに釘付けになった。そう……。宮沢愛翔は生まれて初めて俺が心を鷲掴(わしづか)みにされた人間だ。憧れとか恋とか、そんな軽薄な言葉では到底表せない強い何かを感じた。敢(あ)えて言葉にするなら『俺自身が宮沢愛翔になりたい』という気持ちだ。

急いで夕飯を食べ、スポーツバッグを肩に担(かつ)いで玄関に向かった。

「レッスン、行ってくる」

母が追いかけるように台所から出て、スニーカーの紐を結び直す俺に訊(き)いた。

「蒼汰。お父さんにはいつ言うの？」

「そのうち自分で言うよ」

あてのない約束をしてしまった。厳格で実直な父親に自分が内緒にしていることを打ち明ける場面など想像もできないのに。

駅までの夕暮れの道を歩きながら、先月のことをぼんやりと思い出していた。

それは鬱陶しい梅雨空がわずかに晴れた日曜日のこと。

ひとりで竹下通りをブラブラしているところを、四十代半ばに見える女性に声を掛けられた。真っ白のスーツに華やかな色のスカーフ。母親に近い年齢に見えたが、髪型もメイクも垢ぬけていて、一目で一般人ではないと直感した。

『私、こういうプロダクションの代表なんだけど』

渡された名刺の上には株式会社結城エージェンシーという社名。そして代表取締役社長　結城恭子』という役職と名前が印刷されていた。

『私が直接スカウトすることなんてないんだけど……、何だろう、すごく気になっちゃって。君、芸能界とか興味ない？』

彼女の役職や言葉よりも、名刺の上の事務所名を見て胸が高鳴った。

――愛翔が所属してる事務所だ……。

穴があくほど名刺を見つめ、固まってしまった。

『いきなり、ごめんね。君、スカウト目当てでここ歩いてたわけじゃないんでしょ？　そういうの、一発でわかるのよね。なのに、何だか、声掛けずにいられなくて。驚かせちゃってごめんね。それじゃ』

『興味あります！』

立ち去りかけた代表に向かって、思わず叫んでいた。名刺の事務所名を見つめたまま。

『え？　そうなの？』

自分から声を掛けたにもかかわらず、代表は意表を突かれたような顔だ。

『そう。じゃあ、ご家族の許可をもらって連絡ちょうだい。君、未成年でしょ？』

そう言い残して代表は、俺を雑踏に置いたまま颯爽と歩いて大通りに向かい、タクシーに手を挙げる。俺は愛翔に近づけるチケットを手にしたような実感が徐々に湧き上がってきて、飛び上がりたいような気分になった。

自宅に戻ってすぐ、母にスカウトされたことを報告し、結城エージェンシーに入りたいと打ち明けた。

『お母さんは、蒼汰がやりたいことなら何でも応援するからね』

母は大学生時代、雑誌モデルのアルバイトをやっていたと聞いたことがある。撮影現場では有名な女優やタレントと顔を合わせることもあったそうだ。若かりし日の姿が載ったファッション誌を今でも大切に保管している母には、芸能界への偏見はないらしい。息子がスカウトされ、喜んでいるように見えた。

だが、問題は父親だ。父は内閣府に勤める役人で、『普通が一番』が口癖だ。家では新聞を読んでいるかニュースを見ているか庭木の手入れをしているかの三択。俺が反抗期を過ぎた頃からは、勉強しろ、という言葉しか発しなくなった。もともと会話も乏しかった父にはスカウトのことを切り出せず、母に保護者の同意書にサインをしてもらい、事務所に入った。

「まずはトップアイドルのバックで踊れるようになること」

スカウトの場合、プロフィール写真の撮影料、デビューまでのダンスレッスンやボイストレーニングの授業料は免除だと言われ、軽い優越感を覚えた。が、自分がステージに立つとか、芸能人になるとかいうことにリアリティは感じられない。俺はただ、宮沢愛翔と同じ事務所に所属しているということだけで十分に満足していた。とはいえ、そんな自己満足のために事務所が色々な経費を負担しているわけではないこともわかっている。

すぐにダンスレッスンが始まり、事務所の近くにあるダンススタジオに足を運んだ。中では既に十人ほどの男子が柔軟体操をしている。すぐに集められ、自己紹介をさせられた。全員が結城エージェンシーからデビューを目指すレッスン生だった。

「じゃあ、始めようか。今日は簡単な基本ステップからだ」

俺たちに声を掛けた銀髪の老人はこのスタジオのオーナーであり、結城エージェンシーの専属振付師でもある加島蔵人(かしまくろうど)だった。ドキュメンタリー番組で見たことがある。加島先生は、既に六十代後半。結城エージェンシーの先代と二人三脚で歌って踊れる男性アイドルの地位を確立した伝説的な振付師だ。

「香山！　やる気、あんのか！　コラ！」

加島先生にヤクザみたいな巻き舌で怒鳴られ、身が縮んだ。

初日から俺の自信は完全に打ち砕かれた。自分は何でも要領よく人並み以上にできると思っていたのに、手足が自分のものではないかのように動きがぎこちない。鏡に映る自分がカッコ悪すぎて、更に挙動不審になる。

「やる気がないんなら、やめちまえ！　デビューしたいヤツは掃いて捨てるほどいるんだ！　この次、ステージに立つのがお前である必要はどこにもない！」

今時は不良に対峙（たいじ）する先生だってこんな言い方はしない。こんな風に怒鳴られるのは生まれて初めてだ。

「す、すみません！」

気を引き締め、動きを真似（まね）るが、どうしてもうまくいかない。

――俺に出来ないことがあるなんて、嘘だろ。なんでこんなに自分に向いてないことやってんだ？　こんなことやってる暇があったら、受験勉強した方がいいんじゃないか？

気持ちが行ったり来たりする。余計に集中力を欠いてしまい、隣で踊っている男子に手がぶつかり、舌打ちされた。

それから一週間が経っても、俺のダンスは壊滅的な状態のままだった。

そんなある晩、レッスンを終えて自宅に帰ると、両親が口論していた。

「蒼汰は来年、受験生なんだぞ？　芸能界なんて、一体何を考えてるんだ！」

どうやら芸能事務所に入ったことが父親にバレたようだ。

「蒼汰が初めて自分で『やりたい』って言ったの！　続けさせてやってよ！」

母が一生懸命頼んでいるが、父は聞く耳を持たない。

「母さん。もういいよ。俺、やめるわ、結城エージェンシー」

「え？　蒼汰？　どうして？」

俺は芸能活動をしたかったわけではなく、愛翔と同じフィールドに身を置いてみたかっただけだ。それがどれほど浅はかなことか思い知ったから……。

「やっぱ、向いてないってわかったからだよ。明日、代表に言うよ」

両親を黙らせて二階の部屋に入ったものの、愛翔のポスターを見ると決心が鈍る。だが、このまま事務所に所属し、レッスンを受け続けるのは単なる時間の浪費であり、そんな中途半端な意識は真剣にやっている関係者に迷惑をかけるということもわかってきた。そもそも、父親を説得するだけの信念もない。

翌日、事務所に行ったものの、自分をスカウトしてくれた代表の顔を見ると『辞めます』とは言い出せず、そのままダンススタジオに向かった。

相変わらず、羞恥心に支配された状態で踊るダンスは上達せず、加島先生の罵声の集中砲火を浴びているうちにレッスンが終わった。肩を落としてスタジオを出た時、明らかに違う空気をまとった一団が通路で待っているのが見えた。

「おい、ベクトルだ」

「ベクトル専用のスタジオを使わないってことは、ここで加島先生が新曲の振り付けやるんだな」

レッスン生たちが小声で囁き合う。

――空間ベクトル？　つまり、愛翔がいるのか？

ドキドキしながら広い通路を見渡した時、ひときわオーラを放つプラチナブロンドが通路に立っていることに気づいた。彼はゆっくりと歩いて来て、俺の前を通り過ぎた。

——本物の愛翔だ……！

一瞬、すれ違っただけで、心臓が口から飛び出すんじゃないかというぐらいの動悸がした。と、その時、意外なことが起こった。「ああ、君さぁ」と、他のメンバーと一緒にスタジオに入ろうとしていた愛翔が俺を振り返ったのだ。

ドキン、と痛いほど心臓が脈動した。

「君たちの練習、見てたんだけど」

その愛翔の言葉に羞恥心で頬が燃えた。自分でも見るに堪えないほどダサいダンスをよりによって愛翔に見られていたのだ。

「もっと研究して自分をカッコよく見せなよ。せっかく綺麗なスタイルしてるんだからさ」

「え？」

ようやく愛翔に褒められているんだということ、そしてアドバイスをくれたんだということに気づいた。感動で胸が震え、何も答えられなかった。

　スタジオに入った愛翔は入念にストレッチを始めた。ただ、首や手足を回しているだけで絵になる。俺は他の少年たち同様、その場を離れることができず、通路に残ってトップアイドルを見ていた。

「じゃあ、今日から新曲の振り付けに入るぞ。しっかりついて来い」

　加島先生の厳しい口調は、相手がトップアイドルであろうが、デビュー前のレッスン生であろうが変わらない。が、ベクトルのメンバーたちはこれが初めて踊る振り付けとは思えないほど覚えが早く、動きのひとつひとつが決まっていて、レッスン生のように初歩的な注意をされることはない。自分とは別の生き物のようにクールでキレのある動き。――これが……プロなんだ……！

　そんなレベルの高い集団の中でも、愛翔の容姿とダンスは突出していた。指先、視線の先にまで神経が張り詰めているように見えた。瞬きをすることも忘れ、通路とスタジオを仕切る窓ガラス越しに愛翔を見つめていた。

翌日からレッスンに対する意識が変わった。

『もっと研究して自分をカッコよく見せなよ』

愛翔の言葉を思い出し、鏡の中の自分をしっかり直視した。それだけで、体が思い通りに動く。――初めて踊ることを気持ちいいと思った。

自分の動きは他人から見たらどう見えるか、自分が一番カッコよく見える動作はどれか、研究しているうちに苦手だと思っていた人前で自己を表現するというハードルを完全に克服していた。――そうだ、俺は愛翔になるんだ。

それから一カ月が経ち、レッスンの前に加島先生から発表があった。

「君たちには来月のフェスで空間ベクトルのバックダンサーをつとめてもらう」

「マジか！」「やった！」「よっしゃー！」とレッスン生の中から声が上がった。

その頃には俺の気持ちはもう、愛翔になりたい、ではなく、愛翔を超えるアイドルになりたい、というものに変わっていた。だが、トップアイドルになりたい、という気持ちが強くなればなるほど、学校の成績は暴落の一途を辿った。

——勉強も芸能活動も両方やろうなんて、土台無理な話なのかも知れない。

秋の模試の結果が返ってきて、その惨憺たる結果に愕然とした。


そうして、自分の進路を決められないまま、音楽フェスの夜が来た。

「開演五分前」

俺たちはまだ真っ暗なステージに出て自分のポジションに散る。客席から見えないように気配を消して。そして開演。強烈なライトに照らされ、ファンの悲鳴が会場いっぱいに響いた瞬間、全ての迷いが消し飛んだ。それは初めて味わう感覚だった。——早くステージの真ん中に立ちたい。

ベクトルのバックで踊ったのは二曲。強くなった野心と充実感を抱えて会場の関係者通路を出たところに両親が立っていた。——なんで、こんな所に……。

「結城代表がチケットを二枚送ってくださったのよ」

母は嬉しそうだったが、父はむっつりした顔のまま、ぶっきらぼうに尋ねた。

「お前、芸能人になりたいのか」

いきなり踏み込まれ、戸惑った。

「正直、将来のことは……わからない。だけど、どうしてもこの仕事を続けたいんだ。そして、やるからには一番になりたい。芸能界で勝負したいんだ」

父は「そうか」と言ったきり、黙ってしまった。俺が自分と同じ大学に進学することを期待しているであろう父を失望させてしまい、申し訳なく思った。

帰り道、父は電車に乗ってしばらく経ってから、ようやく口を開いた。

「父さんな、高校生の頃、カメラマンになりたかったんだ」

え？　と父の顔を見た。それは初めて聞く、意外な話だったからだ。

「けど、両親に『不安定な職業だ』と反対されてな。結局、諦めて大学へ進学した。それからずっと自分自身に『普通が一番』って言い聞かせてきたんだ」

その口癖が嫌いだったし、軽蔑していた。が、今はその言葉がとても重い。

「お前は好きなことをやりなさい。後悔しないように」

「父さん……」

ありがとう。そう言いたいのに、涙が込み上げ、顔を上げられなかった。

しるべの光

天ヶ森雀

「お母さん、今度ね、アイドルになろうと思うの」

耳から入った音が、意味を伴って脳に届くのに時間を要する。

「……はあ？」

変な声が出た。アイドル？　って何？　なんで？

母の乃梨子は言ってしまえば普通のおばちゃんだ。昔アイドルになりたかったとか聞いたこともないし、家事をしながら鼻唄を歌っているのはよく聞くが（そしてそれはそこそこ上手いと思うのだが）、誰が推しとか追っかけをしているわけでもない。

そしてぶっちゃけ、既に孫までいる五十歳、アラフィフ。多少若くは見える方かもしれないが、美魔女と言うほどでもない。

正直その辺にいて何の違和感もない、モブそのもののおばちゃんなのだ。アイドルと言う単語が全く結びつかない。唖然としている私に母は笑った。

「やあね、アイドルと言っても事務所に所属してオーディション、なんてのじゃないのよ？　ほら、最近あるでしょ。歌う動画を投稿して、みたいなやつ」

「あ、ああ……」

ユーチューバー的な？　地下アイドルと言うより自称アイドルに近いだろうか。それならできなくもないかもだけど……。

「じゃあ、千穂のことは大丈夫なのね？」

私が一番懸念していたことを口にした途端、母の丸っこい目がすっと据わる。

普段は垂れ気味の眉がキッと上がり、「あのねえ！」と睨み付けてきた。

「確かに千穂は私の可愛い孫娘よ？　でもその前にあなたの娘よね？」

「え、いや、そうだけど……」

「じゃあ可能な限りあなたが見てあげるのが本当じゃないの？　もちろんどうしてもって時は手を貸します。だけど頭から丸投げは違うんじゃないかしら」

しまった。やぶ蛇った。

「えーと、そういうわけでは……」

「あなたが孝さんと別れるって、千穂を連れて帰って来た時は、確かに力になるって言ったわ。あの頃はまだあなたの仕事も軌道に乗っていなかったし、千穂だって小さかったしね」

そう。夫と離婚して実家に帰った時、娘の千穂はまだ三歳だった。そして正直に言えば、子供好きな母が何とかしてくれるだろうと思っていた。その読みは五年間、裏切られることはなかった。千穂は母を「のりちゃん」と名前で呼ぶほど仲良しだ。――が。

「とにかく！　私はあなたという子供を一度はちゃんと育て上げたんだから、今度はやりたいことをやらせて貰います！」

勢い込む母に、私はただ頷くしかできなかったのだった。

アイドル、と言っても昨今の敷居はそんなに高くないのかも知れない。もちろん売れっ子とはいかないだろうけど、資格はいらない職業だからネットアイドルや地下アイドルなら自称は可能だろう。動画や歌の録音だって今は難しくはないのだし。

しかし。

「おかーさん！　もう観た？　のりちゃんの動画凄かったんだよ⁉　もう観てた人全員すっごい拍手だったんだから！」

千穂が大興奮で報告してくれたのは、動画がアップされた日の夜、私が仕事から帰宅した後だった。なんと母がパートしている介護施設の娯楽室で、テレビをネットに繋げて鑑賞会をしたらしい。マジか。

「おかーさんも！　おかーさんも見よ！」

「え～～～～……」

正直、気は乗らなかった。だって五十代のおばさ……もとい、女性のアイドル姿。どう考えたって痛い。いや、今時、五十代でも綺麗な芸能人もいれば、フリフリが似合う元アイドルもいるけど、彼女たちはそもそも住んでる世界が違ったわけで。それでも千穂は何としてでも祖母の動画を見せたかったらしく、私にハイ、とタブレットを手渡した。いいのかな、見ても。

ええい、ままよと再生マークをタップする。

タブレットの中でよくあるＣＭが流れたと思ったら、唐突にソレは始まった。

薄暗い部屋の中、流れてくるピアノの旋律。遠くにぼやけるシルエットが徐々に輪郭を現わし、ワンピース姿の母が浮かび上がる。母は目を閉じてマイクに向かい、両手は組んでお腹(なか)に当てられていた。やがて唇が開き、旋律に乗せて歌い出す。テロップで入った歌のタイトルは『光る星』。知らない曲だった。まさかこの日のために用意したわけじゃないだろう。どこか懐メロっぽい響きだ。母の歌はものすごく上手(うま)いわけではなく、けれど伸びやかで透明感のある声が心地よい。可愛くて少し切ない片思いの歌。

うっそぉ。

確かに母だけど、違う人に見える。髪型や化粧もいつもと違う気がした。大体こんなワンピース持ってたっけ？　ダブルガーゼのような柔らかいシルエットは、普段着のようでもあり衣装のようでもあった。さびの部分を情感たっぷりに歌い上げて、母の動画は終わった。でも素人目にもわかる。これは何というか……玄人っぽい作りだった。決して無理に若作りしているわけではないが、痛い内容でもなかった。アイドルというよりは、歌手がプライベートで歌ってみました的な作りだったが、音も悪くない。これを録画録音したのは誰なのか。この曲は？　着ているものを用意したのは誰？

「やだぁ。あなたも見たの？」

突然風呂上がりの母から声をかけられてぎょっとする。

「お母さん、これ……これ……あの、どうやって……」

「ん、ふー。まあまあいい出来でしょ？」

「いい出来って言うか、想像してなかったというか……」

思ってた以上に完成度が高くてびびっていた。目の前の母はいつも通りの、ちょっと可愛いくらいのおばちゃんなのに。あの動画の中での仄明(ほのあか)るさみたいなものは何だったんだろう。

「結構頑張ってボイトレしたのよ？　毎晩寝る前に腹筋もしたし。音はミキシングで調整出来るって言われたけど、それでも気持ちよく歌いたいしねえ」

当然のようにそう言った母は、まるで本当にアイドルを目指しているようで。

「お父さんは？　何も言わなかった？」

「ああ、あの人はいつも通り。『君の好きにすればいい』」

そうだ。父はそういう人だった。無関心なのか鷹揚なのか。父は母のすることに文句を付けたことがない。

「あれ。あの動画。またやるの？」

再生回数は二桁。恐らく知人友人が観ている程度だろう。けれど母はきっぱりと「もちろんやるわよ」と言い切った。

一、二週間に一度の割合で母の動画は公開された。勿論再生回数はあまり多くないし、チャンネル登録も殆ど無い。けれど母は楽しそうだった。そして娘の千穂も。次はどんな衣装がいいとか嬉しそうに母と話している。

「にしてもあの動画、誰が撮ってるの？」

「それがね、ホームに元芸能事務所の人がいて、カメラマンや音響や衣装の伝手をつけてくれたの。すごいわよぉ。皆、昭和が現役みたいな人ばっかかで」

母は本当におかしそうにコロコロと笑う。つまりは高齢な元プロってことか。それにしたって映像制作技術はやはりすごい。どんな技術があるのか具体的にはわからないが、フレームへの収まりが良いというか。

二回目以降は私もなんとなく知っている曲が増えた。たぶん昔のアイドルが歌っていた曲だ。前回同様白いワンピース。と言っても今回のはシルクっぽい生地にレースをふんだんにあしらったもの。やはり衣装のような、そうでもないような格好で、母はとても楽しそうに朗々と歌い上げる。

じわじわと再生回数が増えていた。この状況の母をアイドルとは呼べまいと思う。でも歌ってる母は綺麗だった。そして綺麗な動画だった。音楽も映像も。もし誰か有名な人の目にとまり、一気にバズったりしたら母はどうなるんだろう？　アイドル的な存在になるのだろうか。

想像してみたけど上手くイメージ出来なかった。母は母だ。私が幼い頃から明るくて気が良くてちょっと抜けた感じの。友達と喧嘩したり誰かに虐められたりして泣いて帰ると、私はいつでも母に抱きついた。何かあれば頼るのが当然で。

その母が見も知らない人たちから愛されるような存在に？

大きく頭を振る。飛躍しすぎだ。少なくとも孫がいるような一介の主婦が、そんなに簡単にアイドルなんてなれるはずがない。母を買い被りすぎている。

どんな経緯で今回の動画作りに至ったかは知らないが、その内飽きるだろう。

私はそう思い込むことにした。しかし終焉は思っていた以上に早くやってくる。

動画では白い衣装ばかりだった母が全身黒い衣装を身に着けることによって。


喪服のワンピースは昔から持っていたものだ。母は物持ちが良い。

五分袖のワンピースにノーカラーのアンサンブルを身に着けた母は、静謐な悲しみを帯びているせいか、あの動画の中の母に近く見えた。

雨の中、タクシーで帰ってきた母に、お清めの塩を振って出迎える。

言葉少なに「ありがと」と言うと、母は暗い顔で寝室に入ってしまった。疲れたのだろうと、夕食の準備はリモートだった私が千穂と二人でした。

母はその晩、そのまま寝室から出てこなかった。

「お母さん、そのホームの人とどういう知り合いだったのかな」

やはり仕事から帰宅した父に、思いついて訊ねる。たまたま知り合ったホームの入居者と介助者と言うだけで、お葬式にまで出るだろうか。百歩譲って出たとしても、あんなに深く悲しむ間柄になるだろうか。その人と一緒にアイドル動画まで作ったりして？　お年寄りの趣味の延長に付き合っているような認識だったが、違うのだろうか。

父は食卓に並んだたくあんをボリボリと咀嚼しながら、ぽつりと言った。

「それは……母さんに聞かないとわからないだろう」

確かに。それもそうか。

さすがに沈み込んでいる様子の今、踏み込む気にはなれないから、後日、私はこの動画騒ぎが始まってから胸の内に潜むモヤモヤを晴らすべく、母から事の詳細を聞き出すことにした。

「お母さんねえ、昔アイドル目指してたのよ」

数日後、千穂が学校に行った後、すっかり平常運転に戻って家事に勤しんで

いた母は、自宅でPC作業日の私の質問に、けろっとした声でそう答えた。

「はあ⁉」

こんな声が出るのは二度目だ。

「嘘！　聞いたことないんだけど！」

「当たり前でしょ？　こんな黒歴史、娘に話すはずないじゃない」

いつも通り、おかしそうに母はコロコロと笑った。

「いや、えー、それは……でも！」

どう聞き返して良いかわからず変なリアクションになる。

「あーあ、とうとう言っちゃった」

洗濯物が入った籠を抱え、言葉とは裏腹にサバサバした明るい口調で呟く。

母はその籠に入った父のワイシャツを取り出すと、パンと勢いよく跳ねさせ

て皺を伸ばし、ハンガーに掛けた。そのままベランダの物干しに干す。

「小さい頃からアイドルが好きだったわ。可愛い衣装や髪型。元気な歌や踊り。真似すると周りも褒めてくれたから、益々身近なものになった。だから中学の時はオーディション受けまくって。高校生になってからはバイトしながら歌と踊りのレッスンを受けて、なんとか芸能事務所の門を叩いた」

　つるつると語られる母の過去に、私は唖然として全く声が出ない。

「その事務所の人がいい人でね、反対していたうちの両親を説得してくれて、何とかデビューに向けて戦略を練っていたところで……」

　千穂のTシャツを広げながら、母は少し口ごもる。

「バイトをね、したのよ。その時売れていたアイドルと背格好が似てたから、コンサートが終わった後に彼女のふりをしてスタッフと一緒に車に乗り込む、みたいな影武者の役。二つ返事で引き受けた。そのアイドルに会えるのも嬉しかったし、いつか有名になったら語れるエピソードになるとも思った。でもその時……隙を突かれて熱狂的なファンに襲われそうになって……すぐに助けては貰えたんだけど、全身を襲った恐怖に声が出なくなった。それで……私は夢を諦めたの」

十代の女の子だった母の、無謀さと脆さ、襲われた時の恐怖を想い、胸が軋む音を立てる。

「当時のマネージャーだった人と、介護ホームで再会したのは偶然だったわ。もう三十年以上も前のことだもの。お互いにすっかり忘れていた。でも珍しい名字の人だったから私が思い出すと、向こうも『あ』ってなって。あの人言ったの。『あの時の夢を少しだけ叶えてみませんか？　デビューしたら歌うはずだった歌。着てみたかった衣装。可能な範囲で再現してみようよ』って」

それで色々伝手が繋がり、あの玄人はだしの動画ができあがったわけだ。

「すっかり諦めて忘れきった気でいたけど……やっぱり未練があったのかしらね。楽しかった。着飾って歌うのも。それを撮って貰うのも」

靴下をひとつずつ角ハンガーのピンチに挟みながら、母はそう言った。そして私は、母が私の母という以外の顔があるのだという事実を、今更ながらに噛み締める。理屈としては当然わかっていたが、母は私が生まれた時からずっと母でしかなかった。そう思いこんでいた。

洗濯物籠はもう空だったが、母はまだベランダに立ったままよく晴れ渡った空を見ている。本当に母の思いは昇華されたのだろうか。本当はもっとあんな動画づくりを続けたいんじゃないだろうか。

そう訊(き)くと、母は少し驚いたように目を見開き、そしてにっこりと笑った。

「もう充分。あれは彼女の余命が少ないと知ったから承諾したのもあったの。ホームの人にも楽しんで貰えたし、彼女が亡くなった今、動画も消して貰うわ」

きっぱりと言い切る母に迷いはなかった。

心の中に安堵(あんど)と僅かな落胆が滲(にじ)む。

「ねえ、お母さん。今まで言ったことなかったけど……私もあの動画、良かったと思うよ。なんていうか……気持ちが迷子になった時、あの動画の歌を思い出せば家に帰れる気分になれるような――」

道しるべの光、みたいな動画だったと思う。優しい歌声と、気持ちよさそうな笑顔と、画面全体に満ちた柔らかさと。母は一瞬、それこそ迷い子のような目をしたかと思うと、数秒経ってから「ありがとう」と言った。

再生回数は三桁いくかいかないか。アイドルを標榜するには少なすぎる数字だ。けれど、母はあの動画を観た何人かの、アイドルという光になれたのではないだろうか。

爽やかな午前の光が、天然のスポットライトのように母を照らしている。

不意に風が吹き、私のそんな思いを肯定するように洗濯物を翻していった。

いびつな真珠

水城正太郎

──アイドルとは完成度の中にある〝ほつれ〟である──とは、ある有名ラジオに出演した音楽プロデューサーが発したフレーズだ。

高い完成度の歌や踊りを披露しているのだが、そこに素の表情という〝ほつれ〟が垣間見えることがアイドルの魅力である……らしい。

らしい、と言うのは、映画監督としてこれから売り出していこうという私にとってその言葉が卑近で切実な問題となっていたからだ。すなわち主演アイドルたちの演技が演技になっておらず、ほつれにほつれまくっており、もう少しアイドル性を減らして欲しいという意味で。

私も邦画監督にありがちな過程をたどってきていた。制作会社のＡＤからグラビアアイドルのイメージビデオ、心霊ビデオ等の助監督を経て、ようやく地域限定上映作品の監督までたどり着いたところである。この地位まで来るといわゆるアイドルは金蔓（かねづる）にして被写体という商売上切っても切れない関係となってくる。彼らにとって映画主演という肩書は喉から手が出るほど欲しいものであり、制作サイドにとっては一定の固定集客が見込めるアイドル映画は手堅い。

必然として、私はここのところアイドル映画を撮りまくることになっていた。そこでネックになってくるのが先の〝ほつれ〟だ。有り体に言えば演技が素人。それだけならいいのだが、個性というものを履き違えているのか我が強すぎる者ばかりだ。演出通りにできないのに大物俳優のように演技プランを語り、気に入らないとボイコットまがいのこともしょっちゅう。おかげで最近の私はアイドルという猛獣を飼いならし短期間に低予算で映画を仕上げることに職人的な喜びすら感じつつある。

今回クラインクインしたホラー映画もアイドルが主演である。那須野真珠という芸名。地下アイドル出身。最近、事務所と契約したばかりだが、人気の方はそこそこあるイチオシの子ということだった。

ショートボブの下にある顔は鋭角なところが目立ち、切れ長の目と鋭い顎のラインが特徴的だった。触れれば切れるような緊張感があり、痩せた体と相まって神秘的で人を寄せ付けない雰囲気があった。だが、彼女が挨拶をした瞬間に、その外見の印象は裏切られる。おどおどした様子で挙動不審にキョロキョロし、肩を強張らせかみながら私に言ったのだ。

「えっと……脚本、すっごく気に入りました！　せ、精一杯演じますので、よろしくお願いします！」

お世辞にしても無理があると思ったのは、作品が三流のホラー映画だからだ。ネット上の都市伝説を基にしたストーリーで、母親に虐待されて死んだ子供の霊が無差別に人を呪い殺していくというもの。真珠の役は呪いを解くために奔走する女子高生。どこに気に入る要素があるというのかわからない。

個性の強さをアピールでもしているのだろう。少し普通の人と違う自分を演出する、そんな者はこれまでにもいた。彼女もありがちなアイドルの一人に過ぎないようだった。

しかし、実際に撮影に入ってみると、予想は良い意味で裏切られた。

真珠の入れ込みは本当のものだったのだ。脚本は自分の登場箇所でなくともすべて記憶していたし、内容の解釈も私の想像を超えて完璧だった。単に恐怖に叫んでいればいい単純な役であるのに、恐怖の性質と度合いをその都度変えており、私の要求で演技プランを変更する必要があったときも即座に対応することができた。役に入り込んで演技するタイプの不安定さはあったが、それは正式にメソッド演技を学んだ者の特徴でもある。いずれにせよ、この手の映画にはもったいないほどの役者であったと言っていい。

「脚本が良かっただけなので……」

褒めると暗くておどおどした面が顔を出したが、演技中は張り詰めた緊張感が全身から発せられているようだった。細くて堅い、壊れやすい心を内包した鋭い目が乱れた前髪の間から覗（のぞ）いているのが印象的だった。それでいて仕草や表情からは所々に不器用で気弱な面が漏れ出ているので、目が離せなくなる。なるほどこれがアイドルの〝ほつれ〟か、と私ははじめて納得させられた。

おかげで撮影は順調に進んだ。前半の難関であるシャワーシーンの撮影さえ乗り越えれば、ラストまで一気に撮影できる目算が立った。

シャワーシーンが難関なのは真珠のNGのせいだった。肌の露出は厳禁とのことでスタント撮影となり、顔が映らないカット割りが求められていた。セクシーさを求めているのでなく、逃げ場のない浴室で心霊に襲われるという恐怖感を演出したいシーンであったので、スタントも水着で肩の露出のみである。

真珠はスタントの使用にひどく恐縮していた。

「すいません。いろいろお手間をかけてしまって……」

「いや、本人がやりたくても事務所NGはよくあることです。まったく気にしなくていいですから」

そもそも事前に聞いていたNGである。スタッフにも不快に思っている者はいなかった。それでも真珠は意を決したように緊張した顔になると、周囲に聞こえないように小声で私に秘密を打ち明けた。

「わたし……母親から虐待されていたことがありまして……背中に傷が残っているんです……それで身体を見せるのは駄目で……」

私は驚くというより、色々と納得してしまい、一瞬リアクションが遅れた。

「うん。いや、本当に気にしていないので。その……他に知っているのはマネージャーさんだけですか？」

真珠はうなずいた。

「そういうことなら、私は誰にも言わないから、最後まで撮影頑張りましょう。その……こういう内容の映画だけど、本当に大丈夫？」

改めて確認したが、真珠は笑顔になった。

「内容を本当に気に入っているから大丈夫です！」

真珠は、虐待されて死んだ子供の霊に脅かされた結果、事件に深入りしていく女子高生の役だ。霊を生み出す原因となった虐待を行った母親の居場所を彼女が突き止めたことで、霊が母親を殺して成仏するという顚末を迎える。が、母親が次の悪霊になってしまい、呪いが連鎖することを示唆して終わる。馬鹿らしいとも言える内容だが、真珠が入れ込むことも理解できる。

「わたし、母親を恨んでいるんです」

それから真珠は私と彼女の女性マネージャーしかいない時などに、屈託なく身の上を話すようになった。

「子役にしようと思ってたらしいんですけど、なんでもお金のことで揉めて途中で駄目になっちゃったらしくて」

「気に入らないことがあるとすぐに暴れる人なんで、すぐに家を出ようと思ってたんですけど、それだけじゃ足りないって思って」

「アイドルって復讐なんです。家を出て独りだけで芸能活動をうまくやれたら、あの人のできなかったことを成し遂げたことになるんじゃないかって」

「わたしがあの人と関係ないところで勝手に幸せになれば、あの人、めちゃくちゃ悔しがると思うんですよね」

「もうとっくに接見禁止命令が出てて、二度とあの人に逢うことはないんですけどね。それでも全国区のアイドルになれば見せつけられるんですよ、テレビなんかで」

　私にはかなり衝撃的なことをこともなげに真珠は語っていた。正直、とても暗い情熱であると思ったし、素直にうなずけないところもあったが、個人の事情に深入りするのは間違っている気がしたので、そういう話になった時は、素直に驚いてみせるだけにとどめていた。

だが、彼女のそんな性質がやがて事件を起こすことになる。撮影が順調に進み、ラストを残すのみとなったある時、真珠の女性マネージャーである長嶋さんが電話を受けたかと思うと、驚いた顔で席を外し、真珠を呼び寄せて何事かを告げたのである。真珠が電話している間に、長嶋さんが私に耳打ちした。

「すいません、お仕事中に。手短に申しますと、真珠の母が亡くなりました」

「そうですか。スケジュール的には予備日でなんとかなると思います。しかし、彼女の話しぶりだと、必要ないかもしれませんね」

言ってから、私は人の死という重い出来事に仕事優先で答えたことを少し後悔した。真珠にとっても憎い相手が死んだだけのことだろうと反射的に思ってしまったのだ。だが、それは長嶋さんも同じだったようで、母親の死というものの自体には特に感情は動かされていない様子で言う。

「こちらとしても問題がないとは思うんです。もうずいぶん長いこと顔も見ていないようですしね。ただ、嫌な予感がするんですよね、真珠の性格だと……」

その予感は現実のものになる。

電話から戻ってきた真珠はこの短時間で一気に憔悴しきった顔になり、細い体からは活力がまるでなくなっていた。彼女独特のおどおどした仕草すら消え去ってしまい、泣いている小さな子どもがそこにいるだけに感じられた。

「もうお仕事続けられない……」

涙声でそう言い、彼女は映画スタジオから走り去った。

「なんとかしますから！　後で連絡します！」

長嶋さんは私にそう言い残し、狼狽して転がるように真珠の後を追った。

私は困惑したままその場に残された。

これもいつものアイドルのわがまま、と言えばそうなのだろう。彼らの気まぐれでの撮影中断など何度も経験してきた。

しかし、今回は少し違う。私の中に、かすかな喪失感のようなものがある。

それは、良い役者を失って映画が頓挫することを予感してのものなのだろうか？　いや、良い役者は希少ではあるが、代わりがいないことはない。映画が最後まで撮影できなかったことだって幾度かあった。

これは、まさに、私が一人のアイドルを失うことへの悔恨なのだ。

私はそんな自分の感情に驚く。と同時に不思議な気力が湧いてくるのも感じていた。真珠を応援しなければならない、という気持ちだ。

そんな個人の感情はともあれ、私はまずもって映画を完成させるために努力しなければいけない立場だ。その場で撮影の中断を宣言し、プロデューサーや出資者と話し合わなくてはならなかった。幸い製作のまとめ役には真珠の事務所の重役が座っていたから話は早かった。翌日にはすぐに会合が持たれ、真珠が引退の意向であること、この映画は中止しないが現場で内容を変更してもかまわないことが私に告げられた。

内容を変更して良いというのは、最悪このまま真珠の出番がなくても強引に映画を完成させろということだ。映画自体の素晴らしさが最初から期待されていないからこその解決策ということになる。私にも予想できた展開だった。

ただ、それ以外に確認したいことがひとつだけあった。

「引退は当人の意向で、それが翻意された場合、事務所としては歓迎するということなのでしょうか？」

　そう聞いてみると「彼女の事情は知っているからね。失意からくる一時の感情だと思っているよ」と事務所の役員が答えてくれた。それならまだ何とかする方法はある。

　さらに一日を置いて、私と女性マネージャー、そして真珠だけで顔を合わせることができた。まだ真珠の憔悴は続いており、髪は乱れ、メイクもしておらず、会話もままならないような状況だったが、かろうじて聞き出せた引退理由は次のようになる。

「わたしが成功してもそれを見せつける人がいなくなってしまった……。あの人は自殺でその立場から逃げたんです！　わたしに当てつけるみたいに！　わたしが殺したんだって言ってるようなものなんです！」

　その言葉が間違っているのは当人以外には即座にわかる。だが、それを言っても始まらないだろう。私は用意してきた提案をすることしかできなかった。

「こちらからの要望は、映画を最後まであなた主演で撮影したいということになります。ですがあなたの気持ちも尊重したい。そのために脚本を変更したプランを二種類、用意しました。片方はすべてスタントで撮影できるように書き換えたもの。もうひとつがあなたが演技しやすいように変更したものです」

二枚のコピー用紙を真珠に渡した。真珠はそれを見ようともしなかったが、ここで強制したり交渉したりする意味はないだろう。すべては彼女次第。私は明日の撮影までがリミットになると伝えた。

翌日、私は試験の合格発表を待つかのような気持ちでスタジオ入りした。もし真珠が来ていなかったなら、何時まで待つべきかと、あれこれ考えてさえいたのだが、その心配は無用となった。真珠は時間より早くスタジオにおり、プランの二枚目を書いた用紙を握りしめていたのだ。

「ご、ご迷惑、ご心配をおかけしました。これが引退作のつもりでやります！」

見た日はまだ回復しきっていなかったが、あのおどおどした仕草と、仕事の際に垣間見える緊張感が真珠に戻ってきていた。

脚本を変更したのはラストの解決部分だ。「主人公が虐待加害者である母親を捜し出し幽霊に復讐させる」という筋立てだったものを「主人公が発見した母親は幽霊を見ても自分を正当化し、命乞いまでする最低な人間だった。それに怒った主人公は母親に殴りかかり罵倒する。それを見た幽霊は満足した表情で母親が廃人になるように呪う」としたのだ。些細な違いではあるが、役に入れ込んでいた真珠は意図に気づいてくれたらしい。

「あなたにとって母親は大きな存在だったのかもしれないけど、追い詰められたらこんなにも情けないじゃない！　呪われることさえもったいない！　あなたが殺したらこいつを大切な人だって認めたことになるの！　だから、わたしがこいつを殴ってやる！　こいつが本当は誰かに影響を与えることなんてできない存在だってわからせるために！」

　過激なセリフを真珠は心から叫んだ。熱演というより何かに取り憑かれたかのようだった。スタッフはもちろん、母親役の女性さえ心底から狼狽していた。おかげで、哀れに怯える完璧な表情をカメラに収めることに成功した。おそらく一回しか演技できないであろうから、リハーサルを本番として使うこともあると伝えておいたこともあり、事実、その一発でＯＫとなった。

すべての演技を終えてスタッフ全員に挨拶した真珠は、切迫感と鋭さを併せ持ち、それでいて気弱で頼りない面が覗く完璧なアイドルの顔になっていた。

映画が完成し、幸いにも真珠は引退しなかった。世間にはトラブルがあったことすら公表されることはなかった。スタッフですら真珠が虐待されていたことは知らない。単なるわがままで撮影が遅れたとしか思っていないのだ。

公開された映画館で舞台挨拶が行われた。私は監督ではあるが、集客力はまったくないので、複数回行われるうち、初回上映後の一度だけ参加することになった。そこで客席に潜んで、はじめて私は真珠のファンたちの顔を見た。

失礼ながら、身なりや顔つきを見るに、幸福な生活を送っているとは言えないであろう若者ばかりだった。それでも映画を見ている彼らの表情と、その後の会話から、彼らが真珠によって幸福を与えられているのだと感じられた。

「こんなに本気の演技とは思わなかったな。マジで泣いてなかったか？　精神が不安定なところがプラスになってるよ。役者でもやっていけるんじゃね？」

「いや、どうでありましょうな。普段めっちゃキョドっておりますからな」

彼らは真珠から本気さを察知し、彼女から目が離せなくなっているのだ。真珠のアイドル性が彼らを強く突き動かしている。私がそうさせられてしまったように。

映画が終わり、私と真珠が壇上に上がった。真珠が先にマイクを握った。

「この撮影中に、私にとって大変つらい人生の転換点になるくらいの出来事があったんですけど……」

まさか出来事を公開するつもりかと私は肝を冷やした。だが、真珠はいたずらな子供のような笑顔で私と客席を見やり、言った。

「……皆さんに知ってほしいのは、ホラー映画だって本当につらい時には救いになることもあるってことです！」

私は不覚にも目頭が熱くなった。

逆に感謝しなければならないくらいだ。アイドルが日々のつまらない仕事に素晴らしい意味を持たせることだってあるのだ。

普通の男の子

楠谷佑

『今朝、巡が死んだ』

電話に出るとすぐに、マネージャーが告げた。おれは言葉を失って硬直する。近くで弁当を食べていた友人たちが、怪訝そうにこちらを見た。

現実のこととは思えなかった。桜が舞う麗らかな四月の昼休みに、この報せはあまりにも不釣り合いだ。

『今から事務所まで来てくれないか、翔一。他のふたりにも連絡したら、すぐに向かってくれると言っていた。いろいろ話し合うことがある』

一方的にまくしたてられる。おれの頭の中は、なぜ、という疑問で埋めつくされていた。なぜ巡は死んだのだ？　事故か、急病か。まさか、アイドル活動をやめた反動で自殺してしまったなんてことは――。

けれど唇は凍りついたようで、なにも尋ねることができなかった。

『とにかく、すぐに来てくれ。頼む』

マネージャーはそれだけ言って、電話を切ってしまった。

頭の中がぐちゃぐちゃで、思考が整理できなかった。早退すると伝えると、友人たちは「現役アイドルは大変だな」と笑った。おれは作り笑いを返して、教室をあとにした。

電話で呼んだタクシーはすぐに来てくれた。校門前で乗りこんで、事務所の住所を告げる。車が走り出すと、何度か深呼吸して自分を落ち着かせる。

スマホでニュースサイトを見ると、まだ巡の死は記事になっていなかった。ネットの噂はどうだろうと思い、ＳＮＳで「ＴＲＩＩＮＧ　メグ」と検索してみる。死に関する話題はなかったが、ひとつのつぶやきが目にとまった。

『最近のＴＲＩＩＮＧ微妙すぎ……。配信で昨日のライブ観たんだけどがっかり。しょうくん性格はいいけど正直歌下手だしメグの代わりはきつい』

話題のつぶやきとして、けっこうシェアされていた。「メンバーの悪口はやめて」と咎めるリプライもあったが、賛同の声も目立つ。

おれはスマホを座席に放って、目を閉じた。

気持ちをどこに持っていけばいいのかわからなかった。まだ十七歳という若さで世を去った巡を、もちろん気の毒だと思う。まして、一時期は同じユニットに所属していた仲間だったのだ。けれど、ひとりの友人として嘆き悲しむことが、どうしても難しかった。

おれはずっと、篠宮巡のことが嫌いだったのだから。


いまのTRIINGは三人組のユニットだ。

リーダーの雪智。歩夢。そして、おれ。

全員同い年の高校三年生で、一応はフラットな仲良しトリオとして売り出されている。仲は悪くないと思うが、「フラット」は不正確な言いかただ。おれだけでなく、ファンのみんなもそう思っているだろう。

雪智は総合力が高いパワフルなアイドルだ。王道のイケメンで、パフォーマンスは安定している。クールな性格と、たまに見せる天然な部分のギャップでファンの心を摑んでいる。

歩夢は、また違った魅力を持っている。体格は小柄、顔立ちも中性的でかわいらしい。「天使系男子」というキャッチフレーズは伊達でなく、ハイトーンな歌声は美しい。声の良さを無駄にしない抜群の歌唱力も備わっている。

おれのキャッチフレーズはといえば——「努力家の末っ子」。とくに取り柄はないと言われているに等しい。

バラエティ番組やライブ中のＭＣでは、いじられキャラとして定着してきた。雪智が「ユキチ」、歩夢が「アユ」と呼ばれているように、最近では「しょうくん」という愛称もつけられた。だが、そんなことは関係ない。アイドルとしておれの実力が見劣りすることは、誰の目にも明らかだろう。エゴサーチなんかしなくても、ファンのコミュニティで評価がふるわないことは知っている。

そう。あの天才——篠宮巡と比べたら、おれなんかかすむに決まっている。

巡は、小学校時代から事務所に所属している生粋のアイドルだった。キャリアが長いだけではない。華やかな顔立ちと情熱的なダンスが人を惹きつけてやまない、天才型のパフォーマーだったのだ。

もともとＴＲＩＩＮＧは、雪智、歩夢、巡の三人組ユニットだった。「三人組」と「挑戦し続ける」を合わせたユニット名も、彼らのためのものだ。

彼らが高校生になると同時に結成されて、TRIINGはけっこうな人気を博した。そこに、どういうわけだか事務所から声がかかって、結成一周年を迎えると同時におれが加わることになったのだ。

最初は心底嬉しかった。TRIINGはうちの事務所の期待の星で、自分みたいな新人が加えてもらえるなんて夢みたいだった。

TRIINGの中で、おれはいちばんキャリアが浅かった。高校入学と同時に事務所に入ったから、ほぼ新人と言ってもいい。ダンスは小学生のときからやっていたけど、そんなのはこの業界では珍しくもない。

雪智と歩夢は、中学生のときから事務所で研修生をしていた。当然、おれよりも実力は上だ。巡はそれ以上の実力者だった。歌もダンスも圧倒的で、どう考えてもおれと同じユニットにいていい男ではなかった。

それでも、おれは努力した。なぜならアイドルだから。

リーダーの雪智は、おれに対して厳しくも丁寧な指導をしてくれた。とくにダンスは遅くまで一緒に残って見てくれた。歌が上手い歩夢は、おれの歌唱トレーニングに付き合ってくれた。

巡だけは違った。彼は、いつも時間になるとすぐにレッスンから抜けた。雪智も歩夢も何も言わなかった。おれが口出しできるはずもない。巡のパフォーマンスは常に完璧に仕上がっていたから。居残り練習をしない彼とは、親しくなる機会は得られなかった。彼は、レッスンのあいだいつも寡黙だった。

そんな巡も、おれに話しかけてくることがなかったわけではない。レッスンの休憩時間に、ときどき彼はおれに質問をしてきた。だが、その内容はあまり嬉しいものではなかった。

「なあ、高校ってどんな感じだ？　面白い先生とかいる？」

巡の質問は、大抵そんなものだった。高校生活はどうか。友達とはなんの話をするのか。学園祭ってどんな感じなのか。世間話めいたものばかりで、アイドル活動に関する質問をされた記憶はない。よく雪智とはダンスのことで、歩夢とは歌のことで盛り上がるのに、おれにはそんな話題は一切振らなかった。

「なんでそんなにおれの学校生活が気になるの」と、一度だけ尋ねたことがある。巡の答えはこうだ。

「翔一は全日制に通ってるだろ。俺は、普通の高校生活ってどんなのか知らないからさ。ドラマの役作りの参考にしたいんだ」

役者の仕事もあって多忙な巡は、通信制の高校生だった。要するに、おれは巡にとって「普通の男子」のサンプルだったのだ。

学校生活はおれにとって大事な人生の一部だ。なにも恥ずかしいことなんかない。でも、巡が興味深そうに質問をしてくるたびに、アイドルとしては相手にされていないような気がした。

そして、おれがＴＲＩＩＮＧに入ってから半年が経ったとき、巡は突然、ユニットから脱退すると言いだした。

ある日のレッスンでいきなり聞かされたとき、おれはひどく動揺した。雪智と歩夢は、彼の突飛な言動に慣れているせいか、さほど驚いていなかった。

「なんで抜けるの。おれが――、おれのパフォーマンスが下手すぎるから？もうおれと一緒は嫌？」

問いただすおれを、巡はいつもどおりのポーカーフェイスで見つめた。

「べつに、そんなんじゃない。移籍とかじゃなくて、アイドル自体やめるんだ。完全に。あ、ついでに演技仕事とかも引退」

あまりのことに呆気にとられた。他のふたりを見ると、寂しそうな、けれど諦めきったような表情をしていた。

「メグが決めたことなら、仕方ないな」

雪智はそう言った。歩夢も無言で頷く。

おれたちの顔を順番に見て、巡はゆっくりと口を開いた。

「俺が抜けて三人になれば、ＴＲＩＩＮＧも名前本来の意味になるだろ。というわけで――俺は『普通の男の子』に戻るから」

往年のアイドルの台詞を真似して、彼はそんなふうに言った。彼にとってはほんの冗談だったのだろうが、この言葉はおれの胸に深く突き刺さった。

おれが加入したせいで、ＴＲＩＩＮＧは本来の意味じゃなくなっちまったのか。天才のくせに、「普通の男の子に戻る」なんていうのか。「普通」のおれの目の前で。彼にぶつけることができなかったそんな思いは、あの日からずっと、おれの胸の奥でくすぶり続けていた。

巡の電撃引退から、半年が経つ。

彼が不在になったことでかえって、ライブでも番組収録でも、おれは巡と比べられることが増えた。どうして巡じゃなくておまえがそこにいるんだ——という視線を、ファンや業界人から浴び続けてきた。

だから、おれはずっと巡のことが大嫌いだった。

事務所に着くと、エントランスでマネージャーが待ち構えていた。

「もう雪智と歩夢は来ている。さあ、こっちだ」

メグはどうして死んだんですか、と訊こうとして、やめた。「死」という言葉を口に出すのが怖いと、生まれて初めて感じた。

結局なにも言えないまま、いつもの会議室に連れていかれた。おれが入ると、ふたりが顔を上げる。歩夢が泣き腫らした目でおれを見た。

「しょうくん、メグが……、メグがいなくなっちゃったよ」

歩夢は静かに涙を流した。もしもおれが死んでも彼はこんなふうに泣くのかな、とふと思った。すぐに自己嫌悪に陥る。

雪智は取り乱していなかったが、顔からは表情が失せていた。

「メグは、なんで死んだんだろう」

おれは誰にともなく尋ねた。マネージャーが、居心地悪そうに咳払いをして「病死だよ」と告げる。

「病死、って……。なんで急に。あいつ、おれたちと同い年じゃないですか。十七歳ですよ。なんで……」

おれの言葉が燃料になったかのように、歩夢がまた涙をこぼした。雪智は耐えかねたように首を振って、歩夢の背中をさする。

「おれが、入らないほうがよかったのかな」

思わず呟いていた。歩夢がしゃくり上げながらこちらを見上げる。

「おれが入らなきゃ、メグも抜けることなかったよな。TRIINGは最後まで、言葉本来の意味で――三人組の天才ユニットでいられたよな。ごめん」

本心を吐露したら、まるで嫌みたいになってしまった。でも止まらなかった。おれが立っている場所には本来巡がいるべきなのだと、自分がいちばんよくわかっていたから。

黙りこんでしまった雪智の顔を、おれは恐る恐る見返した。

「それは違う」

やがて彼は、きっぱりと言った。

「そもそもおまえにＴＲＩＩＮＧに入ってもらったのは、メグが抜けることがわかっていたからだ。去年の四月の時点で、あいつはもう長くないと医者から言われていたんだ」

わけがわからなかった。初めて聞く話だ。

「メグは遺伝性の病気で、もともと長く生きられないと、中学のときからわかっていたそうだ。そして去年、もう三年も生きられないと診断された」

「メグ、あまり居残りしなかったでしょ。あれは定期健診のためだったんだよ」

涙を拭いながら、歩夢が言った。彼も知っていたということか。

「でね、メグの希望で、新しいメンバーをＴＲＩＩＮＧに入れることになったんだ。メグはこのユニットに続いてほしかったんだよ。自分がいなくなってからも、ずっと」

「じゃあ、おれじゃなくても良かっただろ。もっと経験豊富なやつのほうが」

おれの言葉に、歩夢はきっと目を怒らせた。

「ぶっちゃけ、ボクもそう思ったよ。でも、めぼしい子たちに声かけても、みんな尻込みしちゃって、なかなか加入してくれなかったんだよ。ボクら、わりと当時から売れてたし。そんなとき、メグがしょうくんに目をつけて、引き入れたいって強く主張したんだよ」

巡が、おれを推薦した？　そんなこと初めて聞いた。今日はなにからなにまで驚くことばかりだ。まるで壮大な作り話を聞かされているみたいだ。

「あいつは『普通の男の子』に戻ってからは、じつはずっと療養していたんだ」

再び、雪智が語り始める。

「見舞いにも来ないでほしいと言われていた。日に日にやつれていくところを見られたくなかったんだと思う」

「でも……でも、どうしておれには言ってくれなかったんだよ！　同じユニットの仲間なのにっ」

「翔一にだけは知られたくないって、メグ本人が言ったんだ。あいつ、格好つけだったから。おまえの前でだけは『頼もしい先輩アイドル』でいたかったんだとさ。それに、おまえ涙もろいから、泣かれるのが嫌だったって」

誰があいつのために泣くもんか、と言いたかったが、喉が詰まって声がうまく出なかった。

そのとき、タイミングを見計らっていたらしいマネージャーが口を開いた。

「巡は、安らかに息を引き取ったそうだ。彼は先週、病状が悪化する直前に、君ら三人に手紙を書いていた。ご遺族から、さっきそれを預かってきたよ」

手紙は、雪智、歩夢、おれ宛てに、一通ずつあった。

おれはマネージャーから渡された手紙を開く。どうしようもなく手が震えた。

薄青い便箋には、巡の几帳面な文字が並んでいた。

「翔一へ

まず、TRIINGに入ってくれて、ありがとう。俺のエゴかもしれないけど、いつまでもおまえたち三人がTRIINGでい続けてくれることを願ってる。このユニットは俺にとって青春そのものだから。

じつは、翔一をメンバーに入れたいって希望したのは俺なんだ。これ初めて言うよな。理由は、おまえが「普通の男の子」だったことだ。……なんて言うとおまえは怒るかもしれないけど、まあ最後まで読んでほしい。

俺は高校一年のとき、事務所の外でおまえを見かけたことあるんだ。おまえは友達と、商店街のゲーセンで心底楽しそうに遊んでた。俺らアイドルって、良くも悪くもプライド高いやつが多いけど、おまえは驕らずに、学校の友達も大事にしてるんだなってひと目でわかった。そんなきらきらした翔一を見て、羨ましくなった。同時に、おまえは本当にすごいやつなんだなって思った。

アイドルでありながら等身大の目線も持つって、難しいことだと思う。でも、ファンを喜ばせるには必要なことだ。とくに、同世代の共感を集めて人気が出たＴＲＩＩＮＧみたいなユニットには。だからおまえが欲しかったんだ。

俺は小学校のときからアイドル活動ばっかりで、部活なんてやったことないし、放課後に友達と買い食いするとか、そういう普通の青春ってやつを送れなかった。だからおまえから、そういう日常の話を聞くのがいつも楽しみだった。照れ隠しで役作りのためなんて言っちゃったけど……。おまえが傍にいてくれたから、俺は最後まで求められるアイドルでいられたんだろうな。

でも、別に性格だけで引き抜いたわけじゃないからな！　おまえ、めちゃくちゃポテンシャルあるって前から思ってた。とくにダンス。まだ粗いけど、そのうち絶対、俺より上手くなる。翔一の成長するとこ、もっと見たかったな。

翔一、これからもずっと頑張ってくれよ。

他の誰がなんて言おうが、俺にとって翔一は、最高のアイドルだから。

巡より」

歌え、歌え、君の歌を

那織あきら

「誰か、チナ、ってアイドル歌手を知っている人はいないか？」

　窓口が終わる時間になって産業観光課の職員を自分の机に集めた課長が、突然こんなことを言い出した。その場の全員が「知らない」「知らないです」と首を横に振り、次いで商工担当の女性職員が「何事ですか？」と首をかしげる。

「なんでも我が町出身のアイドルらしくてな。かつて通っていた中学校が去年廃校になったと聞いて、そこでＭＶの撮影をしたいんだそうだ」

「去年、ということは、東中学か……」

　そんな呟きが数箇所から持ち上がる。嫌な予感を抱く間もなく、同じ漁協担当の先輩が「カシバ、お前あのへんの出身だったよな」と俺の肩を叩いた。

　東中卒かという問いにもしぶしぶ頷けば、課長が満面の笑みを俺に向ける。

「歳も同じぐらいだし、知り合いだろうな。この件はカシバくんに任せよう」

　卒業時の全校生徒数は二十人だったから、そう言われても仕方がない、が。

「しかし、来月に生態系保全対策事業の会議があって、その準備が……」

「何言ってんだよカシバ。アイドルと仕事なんて滅多にあることじゃないぞー」

「水着撮影とかあるんじゃないのか？　いいなあ、僕が代わってやりたいよ」

課内最年長の職員の発言を、課長が「それはセクハラだぞ」と叩き落とした。

「その点、カシバくんなら心配ないな。真面目で優秀で、まだ二年目なのに頼りになる、と漁協組合長さんも仰(おっしゃ)っている。我が町の代表のつもりで頼んだぞ」

承諾の返事をしつつも、俺は心の中で頭を抱えていた。田舎の町の更にド田舎な漁村から旧帝大に進学したという目立つ学歴に加えて、そんな奴(やつ)がわざわざ地元の町役場を就職先に選んで戻ってきたことを、一部の人間は疎ましく思っているようなのだ。これ以上ヘイトを稼ぐようなことを言わないでほしい。

解散、となってから、俺は課長に手渡された書類に目を落とした。写真の中で愛想のいい笑顔を振りまいているのは、間違いなくかつての同級生だった。

「アイドル、って、あのナカヤが……？」

そういえば下の名前がチナツだったような気がする。確かに当時から群を抜いて美人ではあったが、アイドルになるなんて想像もしていなかった。歌がやたら上手(うま)かったから、音楽関係の仕事に就いているのは納得がいくけれども。

中学卒業と同時に町の外へ引っ越していったと聞いていたが、彼女にとってはそれで正解だったのだろう。朗らかに笑う写真を、俺はしばし見つめ続けた。

教育委員会にも話を通して、いよいよ撮影当日。旧東中にほど近い、町役場東支所の前で一行を待つ。海岸沿いの国道を一台、また一台、と通り過ぎていく車を幾つか見送ったところで、ワゴン車が目の前に急停止した。

助手席に座っていた眼鏡の男性と名刺を交換している間に、後部座席からも次々と人が降りてくる。男女混合で全部で五名、最後がチナことナカヤだった。

ナカヤはキラキラ笑顔で「今日はよろしくお願いします」と頭を下げ、「海キレイ！」「全然人がいない！」とはしゃぐ同行者達のほうへと歩いていく。

俺のことを憶(おぼ)えていなくて当然だろう。俺はナカヤのマネージャーだという眼鏡氏との会話に意識を戻した。まずはすぐ近くの無人駅でロケをして、次は山手にある神社、そして最後が旧東中。移動中に何か閃(ひらめ)いた監督がその場でも撮影をしたがるかもしれない、との言葉には、「大声で騒がなければ」とだけ言っておいた。昼間のこの時間、乗る船によっては寝ている漁師も少なくない。

車を支所の駐車場に置いて、皆で歩いて駅へと向かう途中、眼鏡氏がＭＶの内容を教えてくれた。曰く、仕事に疲れ密かに故郷に戻ってきたチナと、かつての友人が、旧交を温め、廃校となった校舎の屋上から夕日の沈む海を眺める、のだそうだ。思わず俺は「無いわー」と呟きそうになった。現在の、明るくにこやかなアイドル・チナのイメージにはピッタリなのかもしれないが、昔のナカヤを知る身からすると、そのストーリーは色々とあり得ない気がしたからだ。

あれは忘れもしない中学二年の時だ。我が町の小中学校は中心街にある二校を除いてどこも生徒数が少なく、全町立学校合同で音楽会を行うことになっていた。生徒数二十余人の東中は、三学年まとめて一チーム。学校の名を背負っての参加となれば先生がたの気合いもひとしおで、中でも音楽の先生は合唱の練習に際して、歌が上手で声量もあるナカヤに随分と細かな注文をつけていた。

正直なところそれは、傍で聞いていて「少しぐらい好きに歌わせてやれよ」

と思わなくもない指導の仕方で、ある日とうとうナカヤはぶちキレてしまい、「私は楽器じゃない！」と高らかに言い放つと教室を飛び出していったのだ。

　ナカヤを追いかける者は、先生を含めて誰もいなかった。「あーあ」という囁(ささや)き声だけが教室のあちこちで陽炎(かげろう)のように立ちのぼって、消えただけだった。

　ナカヤは――というかナカヤ母娘(おやこ)は地区では少し浮いた存在だった。母親は両親の反対をおして若くして都会に出ていき、娘一人だけを連れて帰ってきた。

　噂(うわさ)好きの港のオバチャン達がナカヤ母のことを「秘密主義者」と悪(あ)しざまに言っているのを聞いたことがある。おそらくナカヤも同じような悪口を耳にしたのだろう、いつしか彼女はオバチャン達に挨拶を返さなくなり、やがて「変な子」「困った子」と言われるようになっていた。そういった大人達の悪感情は、やがて子供連中にも影を落としていく。小学校も高学年になる頃には、人目を引く美人だったことも災いして、色気づいた馬鹿に悪い噂をたてられもしていた。例えば「あいつ、街のほうで夜遊びしてるらしいぞ」といった具合に。

　俺はといえば、「田舎は怖いな」と思いながらも黙って見ているだけだった。

何しろ彼女とは特に親しくなかったし、俺自身が「本ばかり読んでる変わった子」だったからだ。下手を打って村八分にでもされたらたまったものではない。

ナカヤ母娘がいなくなると、皆すぐに彼女のことを忘れてしまったようだった。かくいう俺も、今回の話が舞い込んで初めて思い出したわけではあるが。

地元民の俺がロケに立ち会うことで、彼女に嫌な記憶が蘇りはしないだろうか。せめて撮影中は少し離れた所に控えておこう、俺はそう心の中で呟いた。


駅でのロケを終え神社へ向かう途中の川縁で、監督氏が橋を渡る電車を撮りたいと言い出したが、さっき撮影したのと同じタイプの電車はあと二時間以上は通らないと言うと、目を丸くして絶句していた。これが田舎だ、諦めてくれ。

目的の神社は小高い丘の上、長い石段を登った先にある。広場の手前に手水舎と何かの記念碑が、そして奥に遙拝所が一つあるだけの小さなお社だ。

ここでの撮影は歌いながら行われるようだった。必要なのは口の動きだけらしいが、タイミングがズレないよう音源に合わせて実際に声を出すとのことだ。

共演者の女性と手を繋いでナカヤが歌い始めた次の瞬間、彼女の歌声が朝靄を貫く汽笛のように、真っ直ぐ俺の脳天に突き刺さった。

そう、汽笛だ。ここにいるぞ、と自船の存在を知らせる、切々たる響き。

中学の頃から変わらない圧倒的な熱量と、あの時とは比べ物にならない途方もない深みが、怒涛のように押し寄せ世界を呑み込んだ。俺は自分が今どこにいるのか、何をしているのかも忘れて、ただ彼女の歌に聞き入っていた。

歌が終わったことに気づいた途端、何か恥ずかしさみたいなものが込み上げてきた。ナカヤも撮影スタッフ達も誰も俺のことなんか見ていないにもかかわらず、何故かひどくおさまりの悪い気持ちになった。俺は静かにその場を離れると、石段を三段だけおりて端のほうに腰掛けた。どうせ移動時にはまたこの階段を通るのだから、ここで待っていても問題はないだろう、と思ったのだ。

銀色に光る海をぼーっと眺めていたら、背後から急いた足音が近づいてきた。

「ああ、カシバさん！　チナを見ませんでしたか？」

驚いて振り返れば、眼鏡氏が慌てた様子できょろきょろ辺りを見回している。

「ナ……チナさんが、どうしたんですか？」

「一段落して監督と何か話してると思ってたら、いなくなっちゃって！」

教室を飛び出していった在りし日の姿が、俺の脳裏を駆け抜けた。

「誰もこちらには来ませんでしたよ。ていうか、何があったんです？」

「なんでも、演出を変える相談をしてたら、『ちょっと一人になりたい』と言って奥の建物のほうに歩いていったらしいんですよ。しばらく待っても帰ってこないから、不思議に思って見に行ったらどこにもいなくて、スマホの電源を切っているのか電話は繋がらないし、メールやメッセージにも返事が無いし」

「遙拝所の横手に、裏のお寺に降りる階段がありますが……」

「マジですか」との悲痛な声に、「マジです」と真顔で返す。

「こういうこと、よくあるんですか？」

「気分転換とかですぐ一人になりたがりますけど、連絡が取れないなんてことはなくて。この辺りでゆっくりできる場所ってどこです？　カフェとか……」

「個人宅の台所にお邪魔するみたいな喫茶店なら一軒だけありますけど」

「地元の人向けじゃなくて観光客向けのお店とか施設とか……」

「釣り餌店と漁港ぐらいですかね。あと、国道沿いにコンビニが」

眼鏡氏が信じられないと言わんばかりの表情を浮かべたところで、他のスタッフ達もぞろぞろと階段の上に集まってきた。あらためて状況を整理した結果、眼鏡氏と監督氏ともう一人がナカヤのあとを追ってお寺方面へ向かうことに、残りは荷物を持って一旦車に戻り、支所を中心に集落内を捜すことになった。足が痛いと言う女性二人は車で待機、男性二人が港と駅へ、俺はコンビニへ。

海と山との隙間を縫うようにして続く国道には、見渡す限り歩行者は誰もいなかった。途中にある釣り餌店も念のため覗いてみたが、案の定ナカヤの姿なんて影も形も無い。何しろ彼女は釣りにまったく興味を示さなくて——

その刹那、俺の脳裏を一筋の光が走り抜けた。

俺は左右をよく確認すると、国道を海側へ渡った。向こうに見えるコンビニの少し手前、国道から枝分かれするようにして延びる防波堤に沿って道を逸れる。コンビニの裏を通り過ぎ、大きな岩を回り込み、防波堤の終点へ。表通りからは死角になる、知る人ぞ知る小さな磯。家に籠もってばかりいると奇異な目で見られるので、たまには外に出てわかりやすい娯楽に勤しまなければ、と中学の頃に始めた釣りだったが、意外と俺の性に合っていたようで、高二で塾に通い始めるまでは、あの隠れ家のような磯は俺のお気に入りの場所だった。

あの日の放課後も、俺は一人で釣り糸を垂らしていた。岩礁に波が打ち寄せるさまをぼんやりと眺めていたその時、岩場の奥の方から歌声が聞こえてきた。

ナカヤだ、とすぐに判った。歌っているのは音楽会の合唱曲だ。

どうやったらあんな声が出るのだろう。大声でがなり立てているわけでもないのに力強い、どこまでも真っ直ぐ伸びていく声。立体に喩えるならば円錐じゃなくて円柱、いやむしろ四角柱っぽい、などと勝手なことを考えていたら当たりに気づくのが遅れて、つい「うわっ」と声を上げてしまった。

間を置かず歌声が止んだ。慌てたようにきびすを返す音が聞こえた。

俺は反射的に「違うから！」と岩陰に向かって叫んでいた。

波音が時を刻み、ややあってナカヤが姿を現した。

「何が違うの」

「今の『うわっ』ってのは、ナカヤにじゃなくて魚に向かって言ったんだ」

ナカヤは釣り竿やらバケツやらを一瞥して、「ふうん」とだけ返してきた。

「邪魔をするつもりはなかったんだ。だから、その、気にせず歌ってほしい」

俺はいったい何を言っているんだ。ナカヤもそう思ったのだろう、彼女は大きな目を更に大きくさせて、それから呆れたように両手を腰に当てた。

「カシバって頭いいと思ってたけど、変な奴だったんだな」

あまりの恥ずかしさに死にそうになっていると、ナカヤが再び歌い始めた。

少し離れてはいるけれど、俺の横で。波の音を、風の音を伴奏にして……。

「それ、引いてるんじゃないの？」とナカヤに問われて、俺は我に返った。

慌てて竿を起こしたが、まんまと餌だけ取られてしまったようだった。俺は適当にリールを巻いたり止めたりして、まだ勝負がついていないフリをする。

波間に漂うウキを眺めているうちに、なんとなく言葉がぽろりと零れ落ちた。

「お前、歌、本当に上手いよな」

合唱練習の時に聞いたあの叫びを思い出して、俺は一瞬だけ息を詰めた。

「……俺も、ナカヤは楽器じゃないと思う」

「じゃあ、なんなの」

驚くほど速く、質問が返ってきた。

「え、ええっと、演奏家、かな」

咄嗟（とっさ）にそう言ってから、俺はナカヤから勢いよく顔をそむけた。ああもう、穴があったら入りたい。普通に「歌手」とでも答えればよかったのに、楽器の喩（たと）えに引きずられて、柄でもないポエムみたいなことを口走ってしまうとは。

そうやってしばらく海面だけを凝視していたら、ふいと傍らで空気が動いた。

「……変な奴」

俺が意を決して振り返った時には、ナカヤの姿はもうどこにも無かった。

あれから十年の時を経て、あの時と同じ場所でナカヤが歌っている。

肩で息をする俺の姿を認めて、ナカヤが悪戯っぽく口の端を上げた。

「正直、この町に戻ってくるとか絶対に無いわー、って今も思ってるんだけど、社長がさ、これからは出身地を明かしたほうが仕事が増えるぞ、って言うから」

勝気な笑みは、かつての印象そのままだ。それが次の瞬間、ふっ、と緩んだ。

「まあ、でも、カシバに会えたのは良かったな」

さすがアイドルというべきか、破壊力満点の微笑みだ。俺が必死で平静を装っていると、ナカヤは可愛く小首をかしげて「でもさー」と眉を寄せた。

「カシバは町の外に出ていくと思ってた」

「戻ってきたんだ。水産資源を守りたくて。今、乱獲とか問題になってるだろ」

俺の立ち位置を理解してもらえていたことが嬉しくて、ついつい自分語りが口をついて出る。実は、いっときは中央省庁を目指すことも考えていたのだが、地方からの変革も必要だ、と思い直してUターン就職に踏み切ったのだ。

「水産資源かー。カシバ、魚を食べたいから釣りしてる、って言ってたもんね」

「俺、そんなこと言ったたっけ!?」

どうやらあの時、俺は相当テンパっていたみたいだ。まったく記憶にない。

ともあれ、これで一件落着だ。俺は咳払(せきばら)いを一つして本題を切り出した。

「それより。急にいなくなるから、皆さん心配してたぞ」

「監督が、『いっそリアル同級生に声をかけて、モブ出演してもらおうか』なんて言い出すから、ちょっと我慢が限界になってね。気合い入れに来たのよ」

心配してるのなら連絡してきたらいいのに、とぼやきながらポケットからスマホを取り出したナカヤが、一拍置いて「うそぉ！　充電ゼロ!?」と叫んだ。

代わりに俺が眼鏡氏に連絡を入れ、次の撮影地である旧東中で現地集合、となった。電話を終えて横を見ると、ナカヤがいつになく憂いを含んだ眼差(まなざ)しで、岩礁にぶつかる波しぶきをじっと見つめていた。

「アイドルなんてらしくない、って思ってるでしょ」

「いや、びっくりしたのは確かだけど、でも、歌、めっちゃ上手かったし」

「声楽やりたかったんだけど、うちビンボーでさ。高校卒業したらなんでもいいから働け、って言われたから、事務所に履歴書送ってやった」

海面から目を逸らさぬままナカヤは大きく息を吸い……、静かに言葉を継ぐ。

「この顔で生まれて良かった、って初めて思ったよ」

そう言う割に、彼女はあまり嬉しそうには見えなかった。まあ、そうかもな、と俺はなんとなく合点した。俺が知っている限りでは、ナカヤは見た目で苦労ばかりしていたからだ。おそらくは現在も同様の苦しみがあるんだろう。

「アイドル歌手って外見が最重要だからこそ、楽器扱いを受けがちでね。歌に没頭せずカメラを意識しろ、愛嬌を振りまけ、イメージを崩すな、って」

ワタシハ、ガッキ、ジャ、ナイ。俺の耳の奥であの叫びが、ゼンマイの切れたオルゴールのように、途切れ、途切れて、消えてゆく……。かける言葉を見つけられず唇を噛んだ、その時だ。ナカヤが「でも！」と胸を張った。

「でも。私は演奏家だからさ。どんな楽器だろうとモノにしてやる、って決めてるんだ。いつか私の歌を歌うために」

あれから、ずっと。そう付け加えたナカヤの瞳が、星のようにキラキラと輝いている。俺は万感の思いを込めて「おう！」と頷いた。

舞台袖の五分間

溝口智子

膝の上でぎゅっと握った手が白くなっている。俺、なんでこんなに真面目に面接なんか受けてるんだろ。一次審査のダンスで手抜きすりゃよかったんだ。姉ちゃんなんかにダンスの上手い下手なんか、わからないんだから。

「四十八番、越川流星さん」

気道がひゅっと狭くなったみたいだ。息が苦しい。両手がぶるぶる震える。

「越川さん、あなたですよ」

イスの背に手をついてなんとか立ち上がる。痛いほど呼吸が荒くなっている。

「アイドルを目指している理由から、どうぞ」

震える唇を動かしても、声が出てこない。顔も上げられない。隣の女子が小声で「がんばって」と声援をくれた。そうだ頑張らなきゃ。俺は家に帰るんだ。

「俺は、アイドルになりたいわけじゃないです」

やっと出た小声に会場がしんと静まった。当然だ、俺の言葉は場違いもいいところだ。ここはアイドル選手権というオーディション番組からデビューしたい人を選抜する二次審査会場だ。挑戦者は二十人もいるのに物音ひとつしない。

「俺、ダンス好きじゃないし、歌とか恥ずかしいし、もう、本当に無理で」

「じゃあ、なぜここにいるんですか」

審査員の女性の声が尖っている。怖い。でも、喋（しゃべ）らないと終わらない。

「姉ちゃんに騙（だま）されて……」

「騙された？」

「メシをおごってくれるって言うからついてきたら、ここに連れ込まれて……。書類とか全部勝手に送ってて」

「あはははは！」

どでかい笑い声に驚いて顔を上げると、審査員席の一番左に座ってる、ものすごくかっこいい男の人が腹を抱えて笑っていた。

「騙されただって！　油断できないお姉さんだ！」

「そうなんです」

思わずしっかり頷くと、挑戦者の中からも噴き出す声が聞こえて、部屋は笑いで溢（あふ）れた。

やり遂げた。達成感で脱力してイスの背にもたれかかる。そのままぼんやりと他の挑戦者の夢を聞き、ふらふらと審査会場を後にした。

配られた弁当を楽屋で食べながら壁に貼ってあるスケジュール表を眺める。

十一時開始、一次審査（歌 or ダンスによる）

十五時、二次審査（面接）

十八時三十分、三次審査（ステージでのパフォーマンス・番組生放送）

アイドルになるって大変なんだな。二次審査に受かったら、生放送のステージで歌って踊るだなんて。俺なら死ぬかもしれない。きっと昇天してしまう。

楽屋を見渡すと、ダンスの練習をする人、イヤホンで音楽を聴いてる人。みんな真剣だ。俺は邪魔しないように部屋の隅で小さくなっていた。

「審査結果を発表します。Dスタジオまでどうぞ」

待つこと三十分、眼鏡の男性が呼びに来て、二次審査が行われた部屋までみんなでぞろぞろと移動した。先ほどあったイスはなくて、がらんとしている。

前置きもなく、審査員の女性が名前を呼びだした。

「八番、佐藤翔さん。二十三番、古賀クルミさん、三十三番、篠崎夕実さん」

見ると、隣に立ってる女子が両手で口を覆って涙目になっている。中学生かな、同い年くらいだろう。良かったな、夢が叶って。

「以上の方は失格です。どうぞ、お帰りください」

えっ、という声があちこちから上がる。呼ばれた人が失格？　なんで失格者の名前を先に呼ぶような残酷なやり方をするんだ、普通なら合格者を呼ぶだろう。その時、部屋の隅のカメラに気付いた。撮影されてる。途端に血の気が引いて膝が震えだした。どうして俺がカメラのレンズを向けられなきゃいけないんだ。はっと顔を上げる。俺の名前は呼ばれなかった。合格してしまったんだ。

「合格者のみなさんは十八時半からのステージに備えてください。出来るだけ楽屋から出ないように、建物の外へは絶対に出ないでください」

合格って間違いじゃないですかって聞きたい。だけど緊張したせいで声が出ない。

「じゃ、飲み物配りますんで、好きなものを持って行ってください」

みんなそれぞれに散らばっていくけど、俺は動けずにいた。

「越川くん、水飲んだ方がいいよ」

先程楽屋に呼びに来た眼鏡の男性が、ペットボトルを差しだしてくれた。

「ありがとうございます」

条件反射みたいに受け取ってお礼を言う。冷えたペットボトルを両手で握ると、少し日常に戻れたような気分になった。

「あの、どうして外に出たらいけないんですか」

「入ってくるときに気付かなかった？　颯のファンが出待ちしてるんだ」

「颯って？」

眼鏡さんは、ぎょっとした顔で目をみはる。

「颯を知らないの？　日本のトップアイドルだよ。十年間、他の追随を許さない、毎日テレビやら広告やらで見ない日はないって言われてる」

「すみません。俺、人の顔と名前覚えるの苦手で」

「えー……。そういう問題じゃないんだけど。あのね、さっきの面接で、きみの発言に大笑いしたのが、颯だよ」

「ああ、あのかっこいい人」

「そのかっこいい人のファンがさ、過激な人も多くて。参加者が外に出て、もし通行パスを奪われたりしたら、不法侵入されるから」

「パスを奪うって、そんな山賊みたいな」

「いや、冗談じゃなくて、去年あったんだよ。大騒動になったね。だから、楽屋にいてよ」

嘘か本当かわからないようなことを言う眼鏡さんから、もう一本、ペットボトルを渡されて部屋を出た。

楽屋で俺は、がちがちに体を固めてイスにしがみついていた。腕時計を見ても針はちっとも進まない。一秒がこんなに長いわけない、嘘に決まってる。これは悪夢なんだ。逃げ出したい、でも外には出るなと言われて……。

「あ」

ようやく「棄権」という言葉が思い起こされたのは、待機してから一時間と二分目のことだ。そうだ、棄権してパスを返せば帰れるじゃないか。立ち上がろうとしたとき、スマートフォンのメール着信音が鳴った。姉ちゃんだ。

『やったよー！　観覧券取れたよー！　しかも最前列！　颯に一番近いんだよ！がんばってよ！　颯に気に入られなきゃだめだよ！』

胃が石になったんじゃないかと思うほど気分が悪い。大興奮した姉ちゃんが来る。棄権なんてしたら、なにをされるか。もう逃げられない。気が遠くなってきて倒れそうだ。いっそ大暴れして番組自体を失くしてしまえたら。

十七時四十二分十三秒。ドアが開く音がしてビクッと身がすくんだ。動けないまま耳だけを澄ます。眼鏡さんの声がする。

「出場順を発表します。一番、越川流星くん」

…………は？

「二番……」

「え、ちょ、お」

なんだか一番と言われた気がするけど、聞き返したいのに掠れた声しか出ない。もちろん、眼鏡さんに聞こえるはずもない。

「じゃあ、越川くん。ステージ袖に移動するから付いてきて」

そう言われても腕も足もガチガチに強張（こわば）っていて動けない。

「越川くーん、気絶してる場合じゃないよ」

眼鏡さんに腕を掴まれて無理やり立たされた。引きずられるようにして歩きながら脂汗が止まらない。

「はい、ここで待ってて。あとで別のＡＤが呼びに来るから」

そう言うと俺の腕を離してどこかへ行ってしまった。置いて行かないで！

薄暗い通路にベニヤ板みたいなもので壁が作ってある。通路の先、右手は壁が切れていて強烈な光が差している。あれがステージの光なのか。ぎらぎらして目を焼かれる。

ぽん、と肩になにか触れて、びくっと身がすくむ。ショックで腰が抜けた。

「うわ！」

耳元で声が聞こえて、背中側から脇の下を支えられ、立たされた。

「大丈夫？」

聞かれて思わず首を横に振る。ブルブルブルブルブル。

「あははは、だめそうだ。ごめんね、驚かせて」

深くて良い声のその人が、前に回ってきた。

「もしかして、緊張してる？」

そんなこと聞かなくてもわかるだろ。普段だったら、そう言っていたかもしれないけど言われた通りひどく緊張していて、頭はうまく回っていない。

「よし、緊張が解けるおまじないをしてあげよう」

なにを言われたのかわからずにいると、ふわっと体が温かくなって、背が高いその人の肩に顔を埋めるような形になって、なにも見えなくなる。長い腕に包まれて、なんだかすごくいい匂いがして……。って、俺、抱きしめられてる！

「落ち着いた？」

そう言って俺の両肩に手を置いたのはトップアイドルだという男性、颯だった。なぜか俺の前でにっこり笑っている。なにが起きたか、わけがわからない。

「きみ、緊張癖があるんだね。僕と同じだ」

颯は楽しそうにニコニコしている。まったく緊張しているようには見えない。

「面接でガチガチだったから棄権して帰るかと思ったけど、ちゃんと残ってたんだね。油断できないお姉さんに監視されてるのかな？」

思わず、二度頷いた。

「あはは、それも僕と同じ。僕も姉に強要されてアイドルになったんだよ」

どこの姉も横暴なんだなと考えていたら、颯がぎゅっと俺の両手を握った。

「指先が冷えてる。緊張すると、こうなるんだよね」

そう言いながら優しく手を擦る。

「い、いや、大丈夫ですから！」

手を握られることに慣れてなくて、めちゃくちゃ恥ずかしい。

「ああ、ごめん。スキンシップ過多だって叱られるんだけど、治らないんだよ」

そう言いながらも距離が近い。これ、恋人くらいの距離じゃないか？

「迷惑だった？」

雨に打たれた子犬のように悲し気で、つい首を横に振る。颯はぱっと笑顔になった。その顔があまりにきれいで見惚れてしまう。顔が赤くなっているのをごまかそうと俯いて適当な話題を探した。

「えっと。颯さんのお姉さんは、もしかして、今日も来てたりとか」

「いや、僕の姉はもうステージには来ないんだ」

それもそうか。十年もアイドルやってるのに、もうなにも心配なんかいらないだろう。颯はにこやかで日常をしっかり過ごしてるって感じだもんな。

「あ、緊張解けたみたいだね」

ぎくりとする。そうだ、これからステージに立たないといけないんだった。

「ごめん、緊張してたのを思い出させちゃった？」

颯が言うけど、顔を引き攣らせた俺に、謝られても遅い。体全体が震えだして、食いしばった歯がガチガチと鳴る。

「もう一度、おまじないしよう」

いやだ、いやだって、いやだってば、恥ずかしい！　拒否したくても声は出なくて、俺は真っ赤になったまま颯に抱きしめられた。温かくてしっかりとした腕の感触に包まれて、恥ずかしさの中に、ふと懐かしさを覚えた。

俺は運動音痴で泣き虫で、泣いて帰ることが多かった。そんな俺を姉ちゃんが抱きしめてくれた。あの時の嬉しいのに恥ずかしい感じだ。あの時の気持ち、そのままだ。ポンポンと背中を撫でて、優しい腕は離れていった。

「あれ、どうしたの。泣いてる？」

「ちょっと、思い出し泣きです。うちの姉ちゃんも昔は優しかったなって」

颯は俯いてどこか寂し気な笑顔を浮かべた。

「お姉さんのことを思って泣けるって、君が羨ましいな。僕には出来ない」

「姉弟ゲンカでもしてるんですか？」

顔を上げた颯は、さっきとは違う作ったような笑顔を浮かべている。

「先輩の話なんだけどね。やっぱり、お姉さんに無理やりオーディションに送り込まれたんだって。お姉さんに甘えてばかりだったから、一人立ちしろって」

ドラマのセリフでも練習しているかのような、硬い声。

「外見だけは良かったけど、その他は全部ダメな先輩に、お姉さんは付きっきりで特訓した。先輩は、お姉さんこそアイドルになればいいって思ってた」

颯はぎゅっと、こぶしを握る。

「お姉さんが病気で余命が短いことを両親から教えられたのは、オーディション前日だった。お姉さんの思いを叶えてやってくれって頭を下げられた。甘えている自分が情けなくて、でも一人じゃ怖くて、お姉さんのところに行った」

視線が動いた。まるでそこに誰かいるみたいに、颯が話しかける。

「泣きながら言ったよ。『僕、無理だ』って。お姉さんは手招きすると、ぎゅっと抱きしめてくれた。『大丈夫。あなたは世界で一人だけの私の王子様よ。かっこいいところ、見せて』そう言って、笑って」

颯は目を瞑(つぶ)って黙り込んだ。先輩の話って言ってるけど颯自身の話なんだろう。聞いたら悪いかと迷ったけど、知りたかった。

「それで、どうなったんですか、オーディション」

「合格したよ。でも、それからすぐにお姉さんは亡くなってしまった。ずっと後悔してるんだ。泣き言を言いたかったのはお姉さんの方なのに、自分が甘えたせいで最期までなにも言えずに辛かったんじゃないかって」

まるで子どもに戻ってしまったかのような颯の弱さが痛々しくて、俺は颯をぎゅっと抱きしめた。俺の小さな手で、小さな身長で、颯のお姉さんと同じように出来るだけ大きく包み込めるように。颯の体温を感じていると、ほわっと柔らかな気持ちが生まれて、俺自身の不安とか緊張とか嫌な気持ちが消えた。誰かを抱きしめるって、こんなに安心するものなんだ。

「大丈夫。颯さんのお姉さんが辛かったはずがないです」

「僕の話だとばれちゃったね」

ふふっと笑う颯に、俺は黙って頷いた。腕の中に温かな大切なものがある。それはとても幸せだと伝えたくて、颯を見上げた。

「颯さんは知ってるでしょ、誰かを抱きしめたときの気持ち。颯さんのお姉さんも同じように感じてたんだ」

抱きしめられて抱きしめて一つわかった。世界中の人を抱きしめて回れたらきっとみんな幸せになれるって。でも、それは出来ない。だからかな。

「颯さんがアイドルやってるのは、皆を幸せにしたいから？」

「……かもしれない」

颯は暗い通路の先、いくつものライトが放つ眩しい光に目を向ける。俺も颯と同じところを見つめる。自然と口が動いた。

「俺も誰かの不安をやわらげたい。頑張れるように支えてあげたい」

通路の先から声がかかる。

「越川流星くーん、リハーサルします。こちらへどうぞ！」

なぜかもう怖くはなかった。颯が背中をぽんと押してくれる。

「行っておいで。アイドルになって、みんなを抱きしめてあげて」

ぐっと顔をあげて大きく息を吸って、俺はきらめくステージに向かって歩き出した。

この物語はフィクションです。
実在の人物、団体等とは一切関係がありません。
本作は、書き下ろしです。

PROFILE 著者プロフィール

同担拒否を拒否する風景
一色美雨季
『浄天眼謎とき異聞録〜明治つれづれ推理』で第2回お仕事小説コングランプリを受賞。その他著書に『吉原水上遊郭まやかし婚姻譚』（ポプラ文庫ピュアフル）など。美雨季名義でノベライズも手掛ける。

星は手の中で輝いて
猫屋ちゃき
乙女系小説とライト文芸を中心に活動中。２０１７年４月に書籍化デビュー。著書に『こんこん、いなり不動産』シリーズ（マイナビ出版ファン文庫）『扉の向こうはあやかし飯屋』（アルファポリス）などがある。

叔父と
ギターとナナハンと
ひらび久美
大阪府在住の英日翻訳者。『福猫探偵〜無愛想ですが事件は解決します〜』『Sのエージェント〜お困りのあなたへ〜』（ともにマイナビ出版ファン文庫）のほか、恋愛小説も多数執筆。読書と柑橘類と紅茶が好き。

「癒し」のオシゴト
朝比奈歩
東京在住。最近はじめたビオトープ。なぜかタニシが増殖して困惑中。著書に『嘘恋ワイルドストロベリー』。『たちまちクライマックス』の１、２、４に参加。どちらもポプラ社刊。

天使が前を向けと歌う
浜野稚子
２０１７年『レストラン・タブリエの幸せマリアージュ』（マイナビ出版ファン文庫）でデビュー。

あの子は天使
朝来みゆか
２０１３年から、大人の女性向け恋愛小説を中心に活動中。富士見L文庫にも著作あり。ペンネームは朝型人間っぽいですが、現実は毎朝ぎりぎり。玄関を出てから忘れ物に気づくのはもう卒業したいです。

君になりたい

浅海ユウ

山口県出身。関西在住。著書に『神様の御朱印帳』『お悩み相談室の社内事件簿』『骨董屋猫亀堂・にゃんこ店長の不思議議帳』『京都あやかし料亭のまかない御飯』『ラストレター』『空ガール』他がある。

しるべの光

天ヶ森雀

2015年紙書籍デビュー。主に女性向けラノベ界隈生息中。「泣ける」シリーズは4回目の参加です。今回のこぼれエピソードをひとつ。お父さんのプロポーズの言葉は「僕だけのアイドルになってください」でした☆

いびつな真珠

水城正太郎

『東京タブロイド』（富士見ミステリー文庫）でデビュー。代表作『いちばんうしろの大魔王』（HJ文庫）。鎌倉在住。コーヒー愛はそれなり。とはいえ他のカフェイン摂取手段は好まず。

普通の男の子

楠谷佑

富山県富山市生まれ。高校在学中の2016年、『無気力探偵～面倒な事件、お断り～』でデビュー。2018年、『家政夫くんは名探偵！』（ともにマイナビ出版ファン文庫）を刊行し、シリーズ化。

歌え、歌え、君の歌を

那識あきら

大阪生まれ奈良育ち兵庫在住。子供の頃の愛読書は翻訳ミステリや冒険もの。ヴェルヌとドイルに出会わなければ現在の自分はなかったと思っている。著書に『リケジョの法則』（マイナビ出版ファン文庫）など。

舞台袖の五分間

溝口智子

福岡県出身・在住。博多のとんこつラーメンがソウルフード。小学校高学年で世の中にとんこつ以外のラーメンがあることを初めて知り、衝撃を受ける。最近、近所に醤油ラーメン専門店が二軒でき、それも衝撃。

アイドルの泣ける話

2021年8月31日　初版第1刷発行

著　者　一色美雨季／猫屋ちゃき／ひらび久美／朝比奈歩／浜野稚子／朝来みゆか／浅海ユウ／天ヶ森雀／水城正太郎／楠谷佑／那識あきら／溝口智子
発行者　滝口直樹
編集　ファン文庫Tears編集部、株式会社イマーゴ
発行所　株式会社マイナビ出版
〒101-0003　東京都千代田区一ツ橋二丁目6番3号 一ツ橋ビル　2F
TEL　0480-38-6872（注文専用ダイヤル）
TEL　03-3556-2731（販売部）
TEL　03-3556-2735（編集部）
URL　https://book.mynavi.jp/

イラスト　sassa
装　幀　坂井正規
フォーマット　ベイブリッジ・スタジオ
DTP　マイナビ出版
印刷・製本　中央精版印刷株式会社

●定価はカバーに記載してあります。●乱丁・落丁についてのお問い合わせは、
注文専用ダイヤル（0480-38-6872）、電子メール（sas@mynavi.jp）までお願いいたします。

 ISBN978-4-8399-7695-8

Printed in Japan